明日死んだ男

怪異名所巡り10

赤川次郎

集英社文庫

イラスト／南Q太
デザイン／小林満

目次

過ぎ去りし泉 7
虹の落ちる日 51
賭けられた少女 89
遠い日の面影に 139
円筒の向う側 185
明日死んだ男 231
解説◎朝宮運河 278

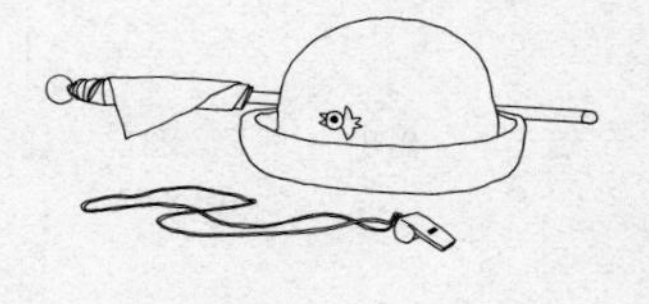

明日死んだ男
怪異名所巡り10

過ぎ去りし泉

1　埋め立て地

黄昏(たそがれ)どきだった。

辺りが暗さを増して――そして一斉に明りが灯った。

青白い光の中に、ていねいに手入れされた庭園が浮かび上る。その光景は、この庭作りに係(かかわ)って、よく知っているはずの古村(こむら)の目にも鮮やかに映った。

「うん……。これだ」

頭の中に思い描いていた通りの庭園が、今目の前に広がっている。

古村准一(じゅんいち)は、ゆっくりと庭園の中の遊歩道を辿(たど)り始めた。

色とりどりの花壇。滑らかなビロードのような芝生。

アクセントを与えている白い彫刻。――安物は使わない、と主張して、注文主と喧嘩(けんか)になったが、最終的にはヨーロッパから本物の彫刻を輸入して揃(そろ)えた。

やはり良かった。青白い照明の下で、真白な安っぽい彫刻は、まるで張子のように見えただろう。本物の色付いた白さは、今の光の下でも少しも派手でない。

古村は足を止め、四十階建の高層マンションを見上げた。――とうとう完成したのだ。

まだ入居は始まっていないが、所々、内装の仕上げにかかっている部屋があって、明りが点いていた。

「大変だったな……」

つい、言葉が出る。

実際、すでに庭園デザイナーとして二十年のキャリアがある古村にとっても、このマンションの仕事は苦労の連続だった。

第一の問題は、この一帯が埋め立て地であることだった。

「地震に耐えられるのか」

という質問に、販売を担当した不動産会社の人間は毎日答えなければならなかった。

「技術的に見て安全」

と言うだけでは、客は納得しなかった。

そして、もう一つの問題が、周辺住人の反対運動だった。埋め立て地に住んでいる人々が、ここに関しては「別だ」と言って反対に回った。

実際、一時はマンションの計画そのものが立ち消えになりかけて、古村は焦った。すでに、この庭園のデザインのために、二度ヨーロッパへ渡り、かなりのお金をつかっている。それを中止となったら……。

しかし、幸い予定通り、工事は始まった。そして……。

ふと、足を止めた。

——何の音だろう。

耳を澄ますと、どう聞いても、ゴボゴボと水が泡立っているように聞こえる。

しかし、この庭園には池も噴水もない。

古村は、音を頼りに、芝生の中へと入って行った。

庭園は低い柵で囲まれている。その柵の所まで行くと、古村は足を止めた。

低い茂みに隠れて分らなかったのだが、何か四角い板のような物が見えた。

引張り上げてみると、それはプラカードの一部で、半分に割れていた。

〈埋立地にマンションは危——〉というところまでが読めた。

「全く！　ふざけてやがる！」

と、古村は呟いた。

大体、何が書いてあるか、よりも、こういう汚れた板に下手な字で書いたプラカードというものが、古村の美意識に反しているのである。

ゴミ置場に捨てておこう、と思った。

だがそのとき、またあの水の泡立つような音がしたと思うと、そのプラカードの落ちていた辺りから水が出て来たのである。

わずかずつではあるが、水は地面から湧き出ているようで、柵の外へ向って細い流れとなっていった。

「何だ?」

水道管にひびが入ったのかな?

大きな工事があると、どうしても震動が起って、古い水道管が水洩れすることがよくあるのだ。

まあ、このくらいの水なら、どうということはないが、放ってはおけない。

古村はプラカードを捨てに、マンションの方へと戻りながら、水道局へ電話を入れた。

「――すぐ伺います」

と返事があった。

今、東京は水道管が古くなって、水洩れが方々で起きている。通報があると、時間外や休日でも駆けつけてくるのである。

古村は安堵した。――自分の作った庭は、完璧でなくてはならない。

水洩れなどあってはならないのである。

古村のケータイが鳴った。着信ではなく、予定の確認だった。

「そうか! 忘れるところだった」

今夜は、このマンション全体を企画した〈K地所〉の社長と会食することになっていたのだ。

約束の時間に遅れて行くわけにはいかない。

〈K地所〉は、このマンションを初め、都内の方々に大規模な「再開発」を進めようとしていた。

社長の宮前雄作(みやまえゆうさく)は五十五歳。エネルギッシュで、このマンションの反対運動も力ずくで押し切ってしまった。宮前の妻、美鈴(みすず)は、今の政府の副総理の姪(めい)である。

宮前は古村の仕事を高く評価してくれている。――これからも、庭園作りが古村に任される可能性は大いにある。

会食に遅れるわけにいかない。

古村は、マンションの管理人室へと向った。

「――あ、どうも」

玄関ロビーを掃いていた初老の男が、古村を見て手を止めた。

「相沢(あいざわ)さんだったね」

「ええ。いよいよ入居ですね」

「実はね、もうすぐ水道局の人が来る」

「水道局?」

古村は、水洩れらしいものが見付かったことを説明して、場所の略図を手早くメモ用紙に書いた。

「来たら案内してやってくれ。頼むよ」

「分りました。任せて下さい」

相沢は肯(うなず)いて言った。

正直、古村は相沢を管理人にしたことが不満だった。元警官ということだったが、入居するはずの上流階級の人々の相手をするにはいささか……。

英語も話せないのでは、外国人の入居に対応できない。その辺のことは、マンションの管理会社にも言ってあったが……。

「よろしく頼む」

ゆっくりしてはいられなかった。

古村はマンションを出ると、駐車場へと急いだ。

「どうだね?」

と、宮前が言った。

「結構ですね。——すばらしい眺めで」

宮前が招いてくれたのは、オフィスビルの五十階。最上階のフロアにある、接待用のレストランだった。

一般の客は入れない。宮前の〈K地所〉が特別な客をもてなす場所なのである。

「古村さんのセンスは本当にヨーロッパ的ね」

と、宮前の妻、美鈴が言った。「とても気に入ってるの、私」

「ありがとうございます」

古村はワインのせいだけでなく、いささか興奮していた。

「今回のマンションの件での骨折りに感謝して」

ということで招ばれていたので、てっきりマンションの設計事務所や施工主も招ばれていると思っていた。

ところが、来てみると招ばれたのは古村一人だったのである。

「美鈴が、とても君の設計する庭を気に入っていてね」

と、宮前は言った。「どうだろう、君も色々仕事を抱えて忙しいだろうが、私のこれから手がけるプロジェクトにも、ぜひ加わってもらいたいが」

「それはもう……。お断りする理由など一つもありません」

「それは良かった」

宮前は微笑んだ。――いかにも尊大な笑顔である。

しかし、これほどのチャンスはめったにない。古村はいささか卑屈に見えても、つい美鈴のドレス姿を、

「奥様はいつもお若くてお美しいですね」

と、誉(ほ)めないわけにいかなかった。

「まあ、ありがとう。でももう私も四十六なのよ」

「女盛りというものですよ」

「主人がそう思ってくれるといいんですけど」

と、美鈴は笑って言った。

「——私はこれから総理と会うことになってる。古村君を一人で置いて行くのも申し訳ないね」

「いえ、とんでもない！　私は適当に帰ります。車は駐車場に……」

「置いて行って大丈夫だよ。明日、君のマンションに届けさせようか？」

「大丈夫です。この近くに来る用事もありますので」

「では、——美鈴、行こう」

「ええ。古村さん、ごゆっくり」

宮前夫妻を見送って、古村はホッと息をついた。——バーになっている一角は、すばらしい夜景が眺められた。

「運が向いて来たな……」

古村はそう呟いた。食後酒のグラスが空になり、引き上げようとしていると——。

「古村さん？」

見たことのない、二十五、六かと思える女性が隣に座った。ハッとするほどの美人だ。モデルだろうか、と思うほど、スタイルもいい。上品なスーツを着ていた。

「古村ですが？　あなたは……」

「宮前さんから、お相手をするように言われていますの」

「相手？」

「お一人で飲んでらしても退屈でしょ？」

「それはまあ……。しかし……」

「ご心配なく。私の飲む分も、宮前さんの払いです」

「いや、そんなことは……」

その女性の笑顔は、四十八歳の古村の胸をときめかせるに充分な魅力を持っていた……。

2　幻の水

「何だって？」

つい、古村の声は大きくなった。

部屋の下見に来た客が、ロビーでびっくりして振り返った。

「失礼しました」

古村は、客を案内して来た営業マンが渋い顔をするのを無視して、相沢の方へ今度は抑えた声で、

「どういうことだ？　水洩れが見付からなかったって」

と言った。

「ちゃんとご案内したんですよ、水道局の人たちを」

と、相沢は言った。「でもあの地図の場所に、水なんか出ていませんでしたよ」

「そんなはずはないよ。僕はちゃんとこの目で見た。だから連絡したんだ」

「でも、本当になかったんですよ」

と、相沢は言い張った。

「分った。自分で見て来る」

と歩き出した古村へ、

「あの――」

と、相沢が言った。「水道局の人が言ってましたよ。あの庭の下に水道管は通ってないって」

古村は何も言わずに、庭園へと急いだ。

「全く！　役に立たない奴だ！」

と、口をついて文句が出る。

大方、あの相沢がまるで別の所へ案内したのだろう。あんなにはっきり図を書いておいたのに……。

明るい秋の日射しの下で、庭園は活き活きと輝いて見えた。

そうだ。これから俺は次々に新しい庭園をデザインする。宮前の期待に応えなくては！

古村は、ゆうべプラカードを見付けた辺りへと向った。

「――そんな馬鹿な！」

確かにここだ。記憶に間違いはない。しかし――どこにも水たまり一つ見当らなかった。

柵から表へと流れ出たあとも、見付からない。

「どういうことだ？」

乾いてしまったのか？　それにしても、水の出た痕跡ぐらい残っていてもいいようなものだが……。

しかし……まあ、何もなければ、それに越したことはない。

古村は自分にそう言い聞かせた。

ケータイが鳴った。

「――古村です」

「美知恵です。今夜のお約束は？」

明るい声が聞こえて来て、古村は頰を染めた。

ゆうべ、古村と「付合って」くれた女性である。大山美知恵といった。

ゆうべはもちろん一緒に飲んだだけだったが、帰り、二人きりのエレベーターの中で、彼女は古村にキスして来た。そして、

「明日、ゆっくり会えないかしら？」

と言ったのである……。


「今日はいいわね、吞気なツアーで」

と、真由美が言った。

「それなのに、どうして真由美ちゃんがこのバスに乗ってるの？」

と言ったのは、〈すずめバス〉のバスガイド、町田藍。

「私、藍さんのファンだから」

と、十七歳の女子高校生、遠藤真由美は言った。

「バスガイドのファンなんて、聞いたことないわ」

と、藍は笑って言った。

〈すずめバス〉はバス二台しか持っていない弱小会社。

しかし、この会社のバスツアーには、他のどんな大手も真似(まね)のできないところがある。

藍が人並外れて霊感が強く、しばしば幽霊と出会う。それを目当てにやって来る常連客も多く、真由美もその一人。

もちろん、いつも幽霊が出るというわけではなく、ごく当り前のツアーもある。

今日は、〈K地所〉が開発した最新のマンション見学ツアー。

二十人ほどの客が集まっていた。

「あれか」

と、ドライバーの君原(きみはら)が言った。「堂々たるもんだな」

行手に真新しい四十階建のマンションがそびえている。

「——藍さん、何か感じない？」

と、真由美が訊(き)いた。

「何か、って？」

「あのマンションにこめられた怨念とか、さ」

「やめてよ」

と、藍は苦笑した。「真由美ちゃんのお宅は、あのマンションに興味あるの？」

「知らないけど、一戸買ったみたい」

「へえ！」

「私が結婚したらくれるって言ってる」

真由美は「お嬢様」なのである。

「もうすぐね。——皆様、お待たせいたしました」

と、藍がマイクを手にして、「本日の見学先、〈サンライズ・ヒル〉に間もなく到着いたします……」

——バスは正面エントランスの前の車寄せに停(とま)った。

「いらっしゃいませ」

制服姿の受付係の女性が三人で出迎える。

「〈すずめバス〉です。よろしくお願いいたします」

と、藍は言った。「お客様は十九名でいらっしゃいます」

「では初めに、この〈サンライズ・ヒル〉のコンセプトを知っていただくために、ビデオをご覧いただきます」

後は、向うが案内してくれる。藍はホッとしていた。

「——藍」

ポンと肩を叩(たた)かれて振り向くと、受付の女性の一人がニコニコしながら立っている。

「あれ？――ひとみ？」

と、藍が目を丸くした。

「久しぶりね」

「ひとみ、〈はと〉は辞めたの？」

藍がかつて勤めていた大手の〈はと〉で一緒にバスガイドをしていた坂口(さかぐち)ひとみだったのである。

「毎日バス洗うのがいやになってね」

と、坂口ひとみが言った。「藍は頑張ってるじゃないの。噂(うわさ)は聞いてるわよ」

「よして。好きでやってんじゃないわ」

「でも、幽霊に好かれるのはどうしようもないでしょ」

「まあね……。ひとみ、独り？」

「そうよ。一度同棲(どうせい)した相手がひどい奴でね、トラウマになってるの」

「あらあら」

「でも、藍、このマンションも呪われてるかもしれないわよ」

「どうして？」

「ここ、埋め立て地なの。反対運動があったけど、〈K地所〉の宮前社長が強引にやっちゃったの。奥さんが副総理の姪だからね、警察を動員して運動を潰しちゃったのよ」

「聞いたことあるわ」

と、藍は言った。

「反対運動の人たちが今もここを恨んでるって話よ」

「でも幽霊にはなってないでしょ」

「どうかしら……。ともかく、ゆっくりして行って」

と、ひとみが言った。「ここの庭園は一見の値打があるわよ」

「案内してもらえるの？」

「庭園デザイナーの古村と申します。これから〈サンライズ・ヒル〉自慢の庭園をご覧いただきます」

客たちは庭へ出ると、

「こりゃ立派だ」

と、口々に言った。

ついて歩く間、藍は、

「まさか……」

と呟いた。

こんな所に？　一体何だろう？

藍は、この庭へ出てきたとき、またいつもの予感があった。

でも、こんな所でなぜ？

そのとき、客の一人が、

「まあ、きれいな池があるわ」

と、何気なく言ったのである。

「何ですって？」

古村はつい大きな声を出していた。

池がある、と言った女性客は、当惑して、

「いえ……。きれいな池が……」

「そんな——。いや……」

古村は芝生の一隅に、確かに「池」と呼べるような水たまりが見えて、立ちすくんだ。

——みんなが足を止めた。

案内している古村が、その「池」を見つめて動かないので、自然足が止ったのである。

「どうしたのかな」

と、真由美が小声で言った。

藍は、ここの案内に口を出す立場ではなかったが、今の古村の様子に、どこか普通でないものを感じて、

「——彫刻がとてもすてきですね」

と言った。「古い物なんでしょうか」

古村が、

「え？」

と、我に返って、「——ええ。実はそうなんです。ご説明しようと思っていたんですが……」

やっと笑顔を取り戻すと、

「いや、大変だったんです。国内の業者に似たような物を作らせれば、十分の一の価格で済むんですが、どうしても古い本物にこだわりたかった。輸送費もかかるし、保険もかけなくてはなりませんでした。でも、こうして並んでいると、歴史を感じませんか？私は、無理をして良かったと思っています」

「本当よ！　一つ一つが美術品だわー」

と、初老の女性が声を上げた。

客の中から、自然に拍手が起った。

「では、この遊歩道に沿って、彫刻の一つ一つにつきましても、ご説明して行きたいと思います。——どうぞ、こちらへ」

古村が先に立って案内して行く。

一番後ろについた藍と真由美は、庭園よりも、古村の様子に関心があった。

「何だか変だったね」

と、真由美が言った。

「しっ。小さな声で」

と、藍は唇に指を当てて、「あの池を見て、呆然としてたわね」

「でも、おかしいよね。自分でデザインしたわけでしょ」

「そうね……。でも、この庭、どこかおかしいところがある」

「え？　それじゃ、やっぱり？」

と、真由美が目を輝かせて、「何か出そうなのね？　さすが藍さん！」

「やめてよ。幽霊っていうのとは少し違うみたい」

「でも、きっと何か起るのね！　私、藍さんにくっついてようっと」

「変なこと、面白がらないでよ」

と、藍は苦笑した。

「——先ほどはどうも」

と、古村が藍に声をかけて来た。

庭園の案内が終って、客たちは、共用部の案内について行っていた。

駐車場や、集会所などである。

藍と真由美はロビーに残っていた。そこへ古村がやって来たのだ。

「いいえ」

と、藍は愛想よく、「すばらしいお庭でした」

「ありがとうございます」

古村は少し迷ってから、「途中、気を取られたことがあって……」

「あの池のことですね」

「ええ。――ここの庭園に、池はないんです」

「え？」

真由美が目を見開いて、「でも、あのとき……」

「確かに水たまりが見えました。それでびっくりしたんです」

「水たまり、ですか」

「池を作っていないので、『水たまり』としか言えません。――実は、このマンション
は埋め立て地に作られていまして」

「そのようですね」

「もちろん、充分に地盤はしっかりしています」

と、古村は急いで言った。「ただ、万一地下から水がしみ出すようなことがあると

……。これからご購入される方に不安な思いをさせるようでは困りますので……」

「分ります」

と、藍は言った。「あの『水たまり』のことは、誰にも言いません」

「ありがとうございます」

古村はホッとしたように、「むろん、あそこはすぐ処理をして、問題ないようにいたします」

くれぐれもよろしく、とくり返して、古村は立ち去った。

「——いいの、藍さん?」

と、真由美が言った。

「私たちには関係ないことだわ」

「それはそうだけど……」

「ただ、平静を装ってはいるけど、かなり動揺していたわね」

「大きな問題なんじゃないかしら」

「また何か言ってくる気がするわ」

と、藍は言った。「そのときは教えてあげる」

「約束よ!」

真由美は、藍の腕をつかんで言った。

〈すずめバス〉の一行は、マンションのパンフレットなどをもらって、帰って行った。

そのバスを見送ると、古村は一人、急いで庭園へと戻って行った。

あの「水たまり」だ。——確かに、「池」と呼んでおかしくない大きさだった。

「どうしてだ、畜生！」

つい、文句が口をついて出る。

池として作っていない所に、あんなに水が出ては、周辺が台なしになる。ともかく急いで水をかき出し、手当しなくては……。

小走りに、あの場所へと向った古村だったが——。

「どういうことだ！」

呆然と立ちすくんだ。

あの「池」があった場所に、今は全く水がない。しかも、その辺りの芝生も、水に浸(つか)っていた様子がなかったのである……。

3 ヒーロー

「今日も遅いの？」

正美は、出かけて行く夫に訊いた。

「仕方ないだろ。お客の相手をするんだ」

古村は、ちょっと苛々したように言った。

「別に文句言ってるんじゃないのよ」

「だったら、黙っててくれ」

古村は玄関を出て行った。――正面に黒塗りのハイヤーが待っている。

「ご苦労さん」

と、古村が車に消える。

妻の正美は、ちょっとため息をつくと、玄関のドアを閉めてロックした。

居間へ戻ると、そう広いわけでもないのにどこか寒々とした空間に感じられる。

「コーヒーでも淹れましょ……」

正美は台所へ行った。

子供がないので、夕食は一人で食べることになる。

このところ、古村は急に名を知られるようになって、インタビューやＴＶへの出演もあって忙しい。

そのこと自体は、正美にとっても嬉しいことだ。夫の才能が、世間に広く認められ、評価されているのだから。

しかし、その分、古村はほとんど毎晩のように、どこかの接待に招ばれることになっていた。いや、それだけならともかく……。

正美は、夜中に帰宅する夫に、しばしば香水の香りがしみついていることに気付いていた。夫にそう言っても、

「そりゃ、バーに行けば女の子がそばに寄って来るからな」

と、軽くあしらわれてしまう。

しかし、妻の直感は、夫が特定の女と会っていること――それも、ただ食事したり飲んだりするのでなく、おそらくベッドの中でひとときを過していることを察していた。

「でも……仕方ないのかしら」

と、コーヒーを飲みながら、正美は呟く。

今の古村は、「時の人」である。愛人がいてもおかしくない。

そうだわ、今、あの人は少々「舞い上って」いるのだ。いずれ落ちつけば、私のところへ戻ってくる……。

正美はそう自分へ言い聞かせていた。

「――あら」

正美は、ふと気付いた。

パタッ、パタッという音。――水滴の落ちる音だ。

「きちんと止めなかったのね」

台所へ立って行くと、正美は流しの水の出をしっかり止めた。

そして、居間へ戻ろうとしたが——。

パタッ、パタッ……。

「え？」

ちゃんと止めたのに！

もう一度流しの所へ行くと、水が滴り落ちている。改めて止める。だが、居間へ戻って、ＴＶを点け、ソファに身を落ちつけると——。

パタッ、パタッ……。

「いやだわ」

水道屋さんに来てもらわなきゃ。きっとどこかが緩むかすり減るかしたのだろう。

正美は肩をすくめて、気にしないことにした。ＴＶの音量を上げて、水滴の音が聞こえないようにした……。

今日の帰りは、夜九時ごろになった。

〈すずめバス〉の本社兼営業所にバスが戻ったときは、もう藍はヘトヘトになっていた。

今日は小学生の団体を乗せての遊園地ツアーだった。しかし大変だったのは、その小学生たちに、それぞれ親がついて来たからだ。

子供たちはともかく、親の方が、

「昼食がおいしくない！」

「飲物まで有料とはひどい！」

などと、苦情を言いっ放し。

その相手にくたびれてしまったのである。

「——ああ、参った！」

と、バスから降りると、すぐにはバスを洗う気になれず、営業所の中へと入ってひと息ついた。

「あら……」

ケータイの電源を入れると、坂口ひとみから何度もかかっている。

あのマンション〈サンライズ・ヒル〉の受付にいた元バスガイドだ。

かけてみる。

「——あ、ひとみ？　ごめん、ずっと仕事で」

と、藍は言った。「どうかしたの？」

「ね、あなたに来てみてほしいの」

と、ひとみが言った。

「私に?」

「あのね、妙なのよ。相沢さんって、ここの管理人やってるおじさんがいるんだけど、地下の倉庫に水が出るって言ってるの」

「水が?」

「水浸しになってるって言われて、急いで行ってみたら、何ともないのよ。でも、相沢さんは絶対に見たって言い張って。——私も相沢さんがそんなことで嘘つく人じゃないと思うの」

藍は少し考えて、
と訊いた。

「今、ひとみ、どこにいるの?」

「まだマンションの受付。内装工事が終ってない部屋があって、夜中までやってるもんだから帰れないの」

「分った。これからそっちへ行くわ」

と、藍は言った。「ひとみ、その受付から出ないようにね」

「え?」

「地下の倉庫に行ったりしないで」

「分ったわ……」

藍は外へ出ると、

「ね、君原さん」

と、ドライバーへ声をかけた。「悪いけどこの間の〈サンライズ・ヒル〉へ行ってくれない？」

「今から？」

「お願い。急を要するの」

君原は、藍の口調に、

「分った。じゃ、乗れよ」

と肯いた。


ケータイが鳴り続けていた。

古村はためらったが、

「出た方がいいわ」

と、大山美知恵に言われて、渋々ケータイを手に取った。

「──何だ？」

相沢からだった。「──水が？」

「そうなんです。地下の倉庫が水浸しになって……」

「本当か？」

「私が嘘ついてどうするんです？」

少し迷ったが、「水」と聞くと、放っておけない。

古村はベッドを出ると、

「じゃ、行くよ」

と、美知恵に言った。「また会えるだろ？」

「今度は私から連絡するわ」

ベッドの中から、美知恵は手を振った。

ともかく、美知恵を相手に一時間は楽しんだ。古村は急いで身仕度をして、ホテルを出た。

タクシーで〈サンライズ・ヒル〉に乗りつけると、なぜか〈すずめバス〉が正面に停っていた。

「何だ、こんな時間に？」

と、首をかしげる。

ロビーへ入って行くと、

「古村さん」

と、藍が言った。

「ああ、この間の……」

「私も今来たところです」

「しかし、どうして？」

「この坂口ひとみさんから連絡をもらって」

事情を聞くと、古村は不機嫌そうに、

「あんまりそういう話を外部の人にしないでくれ」

と、文句を言った。「相沢は？」

「さっき地下へ。もう一度見て来ると言って」

「あいつはいい加減なんだ。酔っ払ってたんじゃないのか？」

「そんなことありません」

と、ひとみがムッとして言い返す。

「ともかく地下へ行ってみましょう」

と、藍は言った。

エレベーターのボタンを押すと、地階から上って来て、扉が開いた。

「──相沢さん！」

相沢が中で倒れていた。藍は急いで相沢へ駆け寄ると、

「ずぶ濡れだわ」

と言った。

「何だって？」

「ひとみ！　救急車を呼んで！」

「しかし――」

藍は、相沢の服の胸を開くと、耳を当てた。そして、脈を診たが……。

「亡くなっています」

と、藍は言った……。


「藍さん！」

勢いよく〈すずめバス〉の営業所へ飛び込んで来たのは、遠藤真由美だった。

「あら」

と、藍は目をパチクリさせて、「今日はツアーはないわよ」

「聞いた！　〈サンライズ・ヒル〉のこと」

「まあ、どこでそんな――」

「うち、ひと部屋買ってるんだから」

と、真由美は言った。「管理人が、エレベーターの中で溺死したんですってね！」

藍はため息をついて、

「仕方ないわね」

と言った。「それは事実」

「藍さんが見付けたの?」

「私一人じゃないけどね」

「やっぱり、何かあったのね、あのマンション!」

「嬉しそうにしないで。人が一人亡くなったのよ」

「分ってるけど。——もうTVでやってるよ。ワイドショーで」

「本当?」

藍はTVを点けてみた。

〈謎! エレベーターで溺死したマンション管理人!〉の文字がいきなり出て来た。

藍は、古村がさぞ怒っているだろう、と思った。

あの後、見に行った地下の倉庫に、全く水はなかったのだ……。

4 転落

「どういうことかね」

宮前の声は不機嫌そのものだった。

「申し訳ありません」

古村はひたすら謝るしかなかった。「絶対秘密にするように、きつく言っておいたのですが」

「問題は結果だよ」

「はい、おっしゃる通りで」

「うちの建てるマンション全体のイメージダウンだ。分ってるのか？」

「はい、それはもちろん……」

「ともかく、TV局に手を回して、これ以上ワイドショーなどで取り上げないように頼んでおいた。全く厄介な話だ」

「本当にどうも……」

「ともかく、うまく収めてくれよ。君のこれからの仕事がかかってると思え」

「はい。二度とこんなことのないように――」

と言いかけて、古村はやめた。

もう電話は切れていたのだ。

「あなた……」

と、正美は、疲れ切った様子の夫へ、そっと声をかけた。「この三日ぐらい、ほとんど寝てないでしょ。体をこわすわ。少し眠ってよ」

古村は黙って立ち上ると、上着をつかんだ。

「出かけるの？」

「忙しいんだ」

と、玄関へと出て行く。

「そうじゃないでしょ」

と、正美が追いかけて言った。

「——どういう意味だ」

「女と会うんでしょ。分ってるわ」

古村は背を向けたまま、

「分ってたら、いちいち言うな」

と言い捨てて、そのまま玄関を出た。

車を運転して、ともかく家から離れた。

もう夜になっている。——疲れているのは確かだ。しかし、眠れるとは思えなかった。

車を一旦停めて、大山美知恵に電話した。

「あら、大変みたいね、今」

と、美知恵は言った。

「ああ。ちょっと参ったよ」

と、古村は言った。「会ってくれ。君と二人で過して、忘れたい」

少し間があった。

「——もしもし？　美知恵、聞こえてるか？」

「ごめんなさい。もう会えないわ」

「何だって？　どうして？」

「だって、宮前さんから言われてるの。『もう古村は切った』って」

「切った？」

「私、宮前さんに雇われて、あなたの相手してたのよ。あなたと一度寝るといくら、って決ってるの」

「——何だって？」

「でも、もうあなたはお客のリストから外されたのよ。だから、あなたと寝ても一円にもならない」

古村は青ざめた。

「そうか……。僕を思い通りにするための……」

「悪く思わないでね」

と、美知恵は言った。「それじゃ。でも私も楽しかったわよ」

切れた。——古村は呆然としていた。

そして……いつの間にか、車で〈サンライズ・ヒル〉に来ていた。

「――古村さん」

受付の所に、町田藍が私服で立っていた。

「まあ、ひどい顔」

と、坂口ひとみが言った。「古村さん、少し休んだ方が――」

「お前らだな!」

と、古村はカッとなって、「お前らがTV局に売り込んだんだな!」

「古村さん、何言ってるんですか?」

と、ひとみが呆れて、「人が一人死んだんですよ。TV局が来て当り前じゃないですか!」

「このマンションが呪われてるとか言って……。あんたか! たかがバスガイドのくせに、俺の邪魔をしやがって!」

「古村さん」

藍は冷ややかに、「たかがバスガイドでも、人の命の大切さは分ってますよ」

「俺は天才なんだ! 誰にも真似のできない庭園をデザインしてみせる!」

「埋め立て地にマンションを建てることに反対した人たちを、強引に黙らせたんでしょう? そんな無理をして、美しい庭園を作っても、本当に居心地のいい空間になると思いますか？」

「うるさい！」

古村は頭を抱えた。「俺はもう……終りだ」

ケータイの鳴る音が聞こえた。

「――ひとみ？」

「私じゃない。――古村さんのですよ」

「え？」

古村が上着のポケットからケータイを取り出そうとして、落としてしまった。ひとみが拾い上げて、

「奥さんからですよ」

「女房から？　出てくれ。俺は出たくない」

「でも……。もしもし？　――はい、受付の者です、マンションの。ご主人は今ここに。

――え？」

ひとみが目を丸くして、「お宅が水浸しに？」

藍が息を呑んだ。

「古村さん！　急いで帰って下さい！」

と言うと、ケータイを受け取り、「奥さん、すぐ外へ逃げて下さい！　何も持たず

に！　急いで下さい！」

と叫ぶように言った。

「正美……。正美が？」

「切れました。急いでお宅へ」

「しかし……どうしてそんな……」

古村は放心したように呟くばかりだった。


「ありがとう、真由美ちゃん」

と、藍が言った。

「お安いご用」

と言いつつ、真由美は得意そうに、「もう少し遅かったら危かったね」

古村の家の表に、正美がうずくまっていた。毛布をかけてもらっているが、全身、ずぶ濡れだった。

「真由美ちゃんのお家がこの近くだったと思い出して」

と、藍は言った。

「ちょうど、父の会社の若い人が三人、訪ねて来てたの。すぐ駆けつけて、玄関のドアを壊して中へ入った」

家の中からはドッと水が流れ出て来て、正美がその中にいたのだ。

助けた三人も濡れたが——。

「でも、今はどこも濡れてない」

と、真由美は言った。

「ふしぎね」

と、藍は肯いて、「でも、これは警告かもしれない」

「どういうこと？」

藍は、まだ半ば放心状態の古村へ、

「今のマンションの地盤を、もう一度よく調べて下さい。もしものことがあると……」

「分った」

古村は妻の肩を抱いて、「中へ入って着替えよう」

と言った。

「怖いわ！　私、入りたくない！」

と、正美が首を振った。

「そうか。じゃあ……どこかホテルに泊ろう。着替えはどこかで買えばいい」

「あなた……」

正美が夫にしがみついた。

「――とんでもないことになったわね」

と、真由美が〈サンライズ・ヒル〉を眺めて言った。

「でも、もしこのまま人が入居して、大きな地震が来たら……。これで良かったのよ」

と、藍が言った。

〈サンライズ・ヒル〉の手前には〈立入禁止〉の札が置かれていた。

改めて調べたところ、マンションの地盤が充分頑丈でないことが分ったのだ。

許可を出した役人に、宮前が金品を贈っていたことも分り、マンションは誰も入居しない内に取り壊されることになった。

宮前の損害は大きく、評判も地に落ちた。

「――やあ」

古村がやって来た。

「古村さん、奥さんの具合はどうですか？」

「ええ。大分良くなりました。じき退院できるでしょう」

「良かったですね」

正美は溺(おぼ)れかけた恐怖から、うつに陥(おちい)っていたのだ。

「残した仕事がありましてね」

「何です？」

「あの庭の彫刻です。あれは運び出して、どこかへ置きたい」

「そうですね」

「では……」

古村は落ちついた様子で、マンションの方へと歩き出した。

「でも、困ったわ」

と、藍が言った。

「何が？」

「坂口ひとみが失業しちゃってね。〈すずめバス〉で雇ってくれって言ってるのよ」

と、藍はため息をついて、「私、代りにクビになったら、どうしよう！」

虹の落ちる日

1 闇夜の虹

最後の客が降りて、

「ありがとうございました」

と、深々と頭を下げると、町田藍はバスに戻って、忘れ物がないか、車内を見て歩く。

「ＯＫ」

と、ドライバーの君原に言うと、ドッと疲れが出て、「――くたびれた！」

と、手近な席に座ってしまった。

「大丈夫か？」

と訊く、君原の声も半分笑っている。

「大丈夫なわけないでしょ！」

と、藍は言い返した。「ともかく、どこか休める所へ行ってよ！」

「どこへ行く？」

「どこでもいい！　でも――まだ時間あるでしょ。三十分は休める」

「サービスエリアに寄ってくか」

「お願い！　ガソリン代、払ってもいい」

〈すずめバス〉なる小規模バス会社のバスガイド、町田藍、二十八歳。

〈ユニークなツアー〉を売りにして、「中小ならではの楽しみ方」を宣伝文句にしているのだが、大手がやらない変ったツアーとなれば、どうしたって無理が出る。

今日のツアーは、〈お子さま、預かります！　ママのための遊び場所巡り〉。

若い人に人気のスポットを、三十前後のママたちを連れて巡る。そして、〈子連れ歓迎！〉で、ママたちが買物やカラオケなどで発散している間、藍が子供たちの相手をするというツアー。

十五人の、一歳から上は十歳くらいまでの子供たちを相手に格闘していたのである。

保育士の資格を持っているわけでもない藍が、仕事としてそんなことをしていいのか、問題だとは思ったが、何しろ社長の筒見（つつみ）からの「業務命令」。

「一日だけだ。何とかなるだろう」

と、筒見は呑気なことを言っていたが、

「もう二度とこんなツアー、やらない！」

と、藍は宣言する決心をしていた……。

「けがした子もいなくて、奇跡みたいなもんよ」

サービスエリアにバスを停めて、藍と君原は中の食堂で夕食を食べていた。お昼なんかとても食べていられる状態ではなかったのだ。

「しかし、ママさんたちは喜んでたぜ」

「そりゃそうでしょ。でも、安全第一。あなたからも社長に言っといて」

「分った」

と、君原は肯(うなず)いて、「それに、君の得意分野でもないしな」

「何それ?」

「もちろん、〈幽霊と話のできるバスガイド〉ってことさ」

「やめてよ。好きで会ってるわけじゃないわ」

と、藍は顔をしかめた。

食べ終ると、やっと落ちついて来て、

「コーヒー、買ってくる」

と、藍は立ち上って、「おごるわ」

「ありがとう。トレイを戻しとくよ」

セルフサービスなのである。

コーヒーといったって、自動販売機だが、最近はこの手のコーヒーでも、結構ちゃんとおいしく飲めたりする。

コーヒーを二杯、小さな盆にのせて、席へ戻ろうとすると、目の前に立っていた人と危うくぶつかりそうになった。

「あ——。危いですよ、そんな所に」

と言ったが……。

相手は五十歳くらいだろうか、身なりも構わず、ほとんど白くなった髪も乱れたままの女性で、どこか思い詰めた表情で、じっと藍を見つめている。

「あの、ちょっとどいていただけます?」

と、藍が言うと、

「あんたなら見える」

と、その女が言った。

「は?」

「あんたには、夜空にかかる虹が見える」

「——何です?」

「私には分るわ。あんたは虹を見る」

「虹——ですか」

「そして、あの子を見付けてくれる! あんたこそ、私の待っていた人!」

女は藍の腕をぐっとつかんだ。

「あの――コーヒーがこぼれちゃうので、やめて下さい」

と、あわてて言った。

「あんたはバスガイドね」

まあ、そういう制服を着ているから、当然分るだろう。

「そうですが……」

「何というバス会社なの？」

「ええと……あんまり有名じゃないんですけど」

と、つい言ってしまうところが哀しい。「〈すずめバス〉といいます」

「名前は――町田藍ね」

胸に名札をつけているので、隠しようがない。

「いいわ」

女は手を離すと、「あんたがあの子を見付けてくれる！　やっと会えたんだわ！」

「あの……」

「忘れないわ！　ああ、何てすばらしい日でしょう！」

女は叫ぶように言うと、行ってしまった。

藍は首をかしげつつ席に戻った。

「何を話してたんだい？」

と、君原が訊いた。

「何だかわけの分んないこと言ってた」

と、肩をすくめて、「世の中、色々変った人がいるから」

君原がちょっと笑った。

「──何がおかしいの？」

「いや、君も『変った人』の一人だろうと思ってさ」

「ひどいこと言って！」

と、藍は君原をにらんだ。

すると、

「あの……すみません」

顔を上げると、売店のレジにいたエプロンをつけた中年の女性が立っている。

「何でしょう？」

「あの……今、久保山さんと話しておられましたね」

「久保山さん、っておっしゃるんですか、あの人」

「ええ。久保山由佳さんといって……。あなたに何を言ってました？」

「何だかよく分らなかったんですけど。──『夜空に虹を見る』とか、『あの子を見付ける』とか……」

「やっぱりそうですか」

と、その女性は肯いた。

「あの方はどういう人なんですか？」

「すみません、何の関係もないあなたに」

「いえ、それはともかく……」

「久保山由佳さんは、このサービスエリアで娘さんが行方不明になったんです」

「行方不明？」

「ええ。もう十年近くたちます。あの人はずっとここへ通って、いなくなった娘さんを捜しているんです」

と、その女性は言った……。


「じゃ、何か起りそうね！」

と、身をのり出したのは、女子高校生の遠藤真由美。

「ちょっと。面白がらないで」

と、藍は顔をしかめた。

バスガイドとツアーの常連客という関係だが、何しろ真由美は十七歳。お友達感覚で、時々こうして一緒に食事したりする。

「――でも、本当にその子って行方不明になったんでしょ？」

「昔の新聞を調べたわ」

と、藍は言った。「確かに、車であのサービスエリアに寄った久保山由佳って人が、娘のゆかりさんの姿が見えなくなった、って届け出てる」

「見付からないまま？」

「警察も、あの一帯を捜索したり、監視カメラの映像を調べたりしたらしいけど、何の手がかりもなかったの」

「それで十年？」

「正しくは九年ね。ただ――報道では、そのゆかりって子は当時十六歳だったの。それで警察は母親の言ってることが事実かどうか、疑うようになったのね」

「どういうこと？」

「十六にもなる子が、そう簡単にさらわれるってことはないだろう、って。しかも、その時間サービスエリアは観光バスやトラックが停っていて、人も大勢いたの」

「つまり……」

「ゆかりって子は、自分から進んで、姿を消した。つまり家出したんじゃないかってことになったらしいの」

「家出かあ……。でも、わざわざそんな所で家出する？」

「そこなのよ。もちろん、当日、売店も食堂も混んでいて、お店の人もいちいちお客のことなんか憶えていなかった。それで、ゆかりって子を見たという人が、一人もいなかったの」

「じゃ、ゆかりさんって人は、初めから来ていなかった、ってわけ？」

「その可能性がある、と警察は考えたのね」

と、藍は肯いた。

「う―ん……。でも、それじゃ、その母親って、ただの『変な人』ってことになっちゃうね」

「確かにね。でも、本当に娘の姿が消えたら普通じゃいられないでしょ」

「それもそうだね」

――今日は日曜日。

真由美から、

「映画の試写会の招待状、あるの」

と、完全に女子高生ののりで誘われて、藍も今日は暇だったので……。

観光バスのバスガイドが日曜日に暇というのは、〈すずめバス〉ならではだろう。

映画の試写の後、「夕食は私がおごる」と主張した藍だったが、

う高級店。

「予約したから、私」

と、真由美が連れて行ったのは、二人分で藍の月給の三分の一近くが飛んで行くとい

「じゃ、この次は……」

と、藍は言わざるを得なかったのである。

むろん、「お嬢様」の真由美は、親のカードで払うのだから、と気にもしない。

「藍さんには、いつもお金に換えがたい、貴重な奇跡を見せてもらってる」

と言う真由美は、幽霊とか怪奇現象大好きの「オタク」。

その点を除けば、至って可愛い十七歳の高校生。今日はいつものセーラー服でなく、

いかにも高そうなニットを着ている……。

「でも、きっと藍さんが何か見付ける。私の勘」

「真由美ちゃんがそう言うと当りそうで怖いわ」

と、藍は苦笑した。

――二人がレストランを出たのはもう夜十時を回っていた。

晩秋の風は冷たかったが、真由美は元気一杯。

「腹ごなしに、ランニングしようか」

「大人はね、夜は休むの」

と、藍は言って、目の前の夜空に目をやったが——。

「え？」

と、目をみはったのは、夜の暗がりの中にくっきりと七色の虹が浮かび上ったからだった。

まさか！　あの、久保山由佳の言ったことは事実だったのか？

でも、真由美が笑って、

「藍さん！　しっかりして！　あれ、プロジェクションマッピングよ」

ビルなどの外壁をスクリーン代りに、映像を映し出す、今流行のイベントなのだ。

「ああ、びっくりした！」

「藍さんらしくもない」

と、真由美に言われてしまったが……。

「あの母親が言ったから。夜空に虹を見るって」

そして、行方不明の娘を見付ける……。

だが、姿を消して九年もたつ人間を、どうやって見付けることができるだろう？

自分は警察じゃないのだ。全国に手配するといっても、そんなことは九年前にやっているだろう。

でも、きっと何か起る。

ありがたくない予感を覚えつつ、藍は真由美と一緒に、映し出された虹が竜に姿を変えるのを眺めていた……。

2　土砂崩れ

中止するべきだった……。

後悔先に立たず。——藍は天気予報が正にドンピシャリ当ったのを恨むばかりだった。

「夕方から大雨」

そう言われても、ツアーの集合時間には空はきれいに晴れていたのだから、ツアーを取り止めますとは言いにくい。

それでも、都内のツアーなら良かった。

〈すずめバス〉としては珍しい、ちょっと郊外へ遠出するツアーだったのである。

それも、〈謎の石仏の呪いツアー〉という、怪しげなもの。

何のことはない、石仏が長雨のせいで引っくり返って、そのまま誰も元に戻さない。そのたたりで、見物に来た客が足を挫いたというだけの話。

しかし、一応〈すずめバス名物、霊と出会うツアー〉と銘打っていたので、いつもの藍のファンたち十数人が乗っていた。

あの遠藤真由美が加わっていたのは言うまでもない。

「どうしたの？」

バスが停ってしまい、前方に赤い灯がチラチラ見えている。

「何かあったな」

と、君原が言った。

「見て来るわ」

藍が傘を手にバスを降りると、凄（すご）い力で雨が叩きつけてくる。足下で雨がはねて、たちまち膝から下はびしょ濡れ。

藍の方が行くまでもなく、カッパを着てヘルメットをかぶった人が駆けて来た。

「どうしたんですか！」

大声で言わないと、雨音がひどくて聞こえないのだ。

「土砂崩れだよ！」

という返事。「この先、十メートル以上が土砂で埋ってる。通れないから、引き返して！」

「分りました」

とてもすぐに復旧する見込みはなさそうである。

バスに戻ると、事情を話して、

「申し訳ありません。戻って、別のルートを捜します」

と、頭を下げた。

しかし、今日の客はそんなことで文句は言わない。

「頑張れ！」

「風邪ひくなよ」

なんて声をかけてくれる。

君原が苦労して、何とかバスをUターンさせると、今来た道を戻って行く。

「凄い雨だ」

と、君原はハンドルを握る手に力をこめた。

ワイパーが忙しく動いても、ほとんど前が見えない。スピードを上げられなかった。

「ともかく、山道を出ないと」

と、藍が言ったとたん、急ブレーキがかかり、藍は床に投げ出されてしまった。

「藍さん！　大丈夫？」

と、真由美が飛んで来た。

「そんな——お客様が心配しちゃ……」

と、藍は立ち上ると、「どなたか、おけがはございませんか？」

「——見ろよ」

と、君原が言った。

バスの前方へ目をやって、藍は息を呑んだ。

土砂と共に、直径一メートル以上ある巨大な岩がバスの鼻先に落ちていた。

「ぶつかってたら……」

ゾッとした。

しかし——前も後ろも土砂崩れで、動けない。

「途中、脇へ入る道があったわ」

と、真由美が言った。

「本当？」

「うん。百メートルくらい手前」

信じるしかない。

君原はバスを慎重にバックさせた。

「——本当だ」

道の山側でなく、林の中へ入る道だが、バスも何とか通れる幅がある。

「ずっとこの幅があるとは限らないけどな」

と、君原が言った。

「そうね。——でも、他に道がないわ」

「よし、行ってみよう」

ハンドルを大きく切って、バスは林の中の道を辿って行った。

「何とか通れそうだ」

と、君原は言ったが、「カーナビに出ていない。私道かもしれないな」

「ともかく、どこかへ出てくれれば……」

すると——少し雨が小降りになったせいもあって、見通しが良くなった。

「建物があるわ」

と、藍は言った。

二階建の白い山荘風の建物だった。

「おい、まさか……」

「本当だわ。〈HOTEL〉って書いてある！」

こんな所にホテル？

「大方、山の向う側から入る道があるんだろうな」

と、君原は言った。

「ともかく、中でひと休みできるか、訊いてくるわ」

バスがその〈ホテル〉の正面に着くと、藍はバスを降りて、正面の扉を開け、中へ入った。

「ごめん下さい！」

と、声を出すと、

「まあ、どうも……」

出て来たのは五十歳前後の地味なスーツ姿の女性だった。

「この雨の中を……」

「土砂崩れで」

と、藍は説明して、「少し休ませていただけますか」

「もちろんですよ。どうぞ」

「助かります！」

藍はバスへ戻って、乗客を降ろした。

しかし、そのホテルへ全員が入ると、雨はまた一段と激しく降り出したのである……。

「助かりました、本当に」

と、藍はくり返し礼を言った。

「いえ、うちはホテルですから、お客様においでいただくのは嬉しいのです」

その山の中のホテルは〈ホテルG〉といった。

迎えてくれた女性は、安崎保奈美(あんざきほなみ)と名のった。

若々しく見えて、しかも美人である。

早速、いつものツアーメンバーは、この美しいオーナーと記念写真を撮ってしまったくらいだ。

雨は一向に弱まる気配もなく、結局、ツアー客一同、この〈ホテルG〉で夕食をとることになった。

ダイニングルームに他の客は見えなかった。しかし、こんな山の中にしては、夕食のコースは充分においしく、藍は感心した。

給仕してくれるのは、安崎保奈美が大谷と呼んだ、初老の白髪の男だった。

――食事が終っても、雨は止みそうもなかった。

「困ったわ……」

藍はホテルの玄関から外へ出てみた。激しく雨は降り続いている。

「――お泊りになれば」

と、安崎保奈美がそばへ来て言った。「下りの道は暗いし、この雨の中では危険です」

「そうですね……」

安全が第一である。

藍はダイニングに戻って、食後のコーヒーを飲んでいる客たちに話しかけた。

「――こういうわけで、今夜東京に戻るのは危険だと思われます。こちらのホテルで一泊して、明日帰りたいと思うのですが……。私どもの天候についての判断ミスで、申し訳ありません」

しかし、なじみの客たちは、文句など言わず、

「藍さんが言うのなら、それでいいよ」

「ああ、ちっとも困らない」

と、快く了解してくれた。

「ありがとうございます。ただ、このホテルは使える客室が七つしかないということなので、恐れ入りますが、お二人ずつお泊りいただきたいのです」

女性客の一人が、

「君原さんと二人じゃだめ？」

と言ったので、みんなドッと笑った。

藍はありがたい、と思った。——これって、私の人徳かしら？

3　眠り

明朝には雨も上って、晴れる。

その予報を聞いて、藍は少しホッとした。

「おやすみなさい」

「おやすみ」

客は一人、二人と部屋へ行き、サロン風になったロビーには、藍と遠藤真由美が残った。

「ツイてるな、今日は」

と、真由美が楽しげに言った。

「どこが？　こんな山の中で足どめされたのに」

「だって、藍さんと一緒の部屋に泊れる！　最高に幸せよ！」

「そんな……」

と、藍は苦笑して、「ともかく、ここにホテルがあって、良かったわ」

「藍さんと私の心がけが良かったのよ」

と、真由美は断言（？）した。

藍はコーヒーを飲みながら、

「でも、こんな所でホテルをやって、経営が成り立つのかしら」

と言った。

「これで後は幽霊でも出てくれたら、言うことないんだけどな」

と、真由美が言うと、ガシャン、と何かが壊れる音がした。

振り返ると、大谷が、客のコーヒーカップを片付けようとして、落としたのだった。

「失礼いたしました」

と、あわてて割れたカップのかけらを拾っている。

大谷が行ってしまうと、

「——何だか、妙にあわてて た」

と、真由美が言った。

「そうね。真由美ちゃんが『幽霊』の話をしたからじゃない？」

「じゃ、本当に出るのかな！」

「喜ばないで」

本当に変った趣味だわ、と藍は思った。

真由美が先に部屋へ行くと、藍はケータイで社長の筒見にかけた。

「——何だ？　もう着いたんだろ？」

筒見の声は少しもつれていた。酔っているのだろう。

「それが、土砂崩れで、道が通れなくなって」

と、藍は事情を説明して、「ここのホテル代は、うちが持つということでよろしいですよね」

「うむ……。ちょっと待て」

お金の話となると、酔いがさめるようで、

「大雨はうちのせいではないぞ」

「でも、お客様のせいでもありません。大雨になるのを予測しなかったのは、やはりうちのせいでしょう」

「しかしなあ……。いくらになるんだ？」

「食事代も含めて、いくらかはまだ訊いていませんが……」

「じゃあ……半額負担でどうだ？　うちが半分持つ」

「でも、お客様はいつもの常連の方々ですよ。そんなこと……」

「まあ、明日また連絡してくれ。俺は眠くて、頭が働かん」

と言って、筒見は早々に切ってしまった。

「もう……」

やはり客に負担させるわけにはいかない。——藍は、どうしても半額と言われたら、客の分は自分が出そうと思った。

「大変ですね」

いつの間にか、安崎保奈美が立っていた。

「何しろ弱小会社ですので」

と、藍は言った。「社長はそれでなくても小心な人でして……」

「〈すずめバス〉とおっしゃいました？」

と、保奈美は言った。

「ええ、そうです」

保奈美は藍の向いのソファに腰をおろすと、

「もしかして、〈幽霊と話のできるバスガイド〉さんというのは……」

「はあ。——私のことです」

「そうですか。一度お会いしたいと思っていました」

「でも、週刊誌の記事は大げさで」

と、藍は言った。

「今夜、あなたがここにおいでになったのは、偶然ではなかったかもしれません」

と、保奈美は真剣な表情で言った。

「どういう意味でしょうか？」

「このホテル、ときどき説明のつかない、奇妙なことが起りますの」

「はあ……」

藍は、今夜、ちゃんと寝られるかしら、と思った。

真由美と二人で泊る部屋へ入ると、

「お風呂、先に入った」

と、真由美が言った。「ね、藍さん、私、ちょっと調べてみたんだけど」

「何を？」

「このホテルのこと」

と、真由美はスマホを手に言った。

「それで？　ネットにあった？」

「うん、あった。〈ホテルG〉って、写真も載ってる」

「それで？　何か言いたそうね」

「まあ……どうってことないんだけど」

と、真由美は言った。「このホテル、一年前に閉鎖されてる」


シャワーを浴びるだけにして、藍はバスルームを出た。

真由美はダブルベッドを大々的に占拠して、両手両足を大の字に広げ、ぐっすり眠り込んでいた。

まあいい。——どうせ、眠るつもりのない藍だった。

もちろん、何かとんでもないことが起る可能性はほとんどないだろう。このホテルに入って、藍は特に何も感じなかった。

しかし——霊ではなく、人間の方に、どこか普通でないものを感じたのだ。

あの夕食にしても、誰が作っていたのか。

安崎保奈美と大谷以外に、人のいる気配がない。

そう……。たぶん、このホテルには何か秘密がある。

もし、超自然が係っているとしたら、大雨で土砂崩れがあったことで、藍たちがこのホテルへと辿り着いたことだろう。

藍は服を着て、ソファにかけた。――たぶん、何かが起る。

それは藍の能力とは関係ない、ただの直感だったが……。


一時間、二時間とたつ内、さすがに藍もウトウトし始めた。

しかし、ドアをかすかにノックする小さな音でハッと目を覚ますと、急いで走って行き、ためらうことなくドアを開けた。

「すみません……」

「いえ、お待ちしていました、大谷さん」

と、藍は言った。「入りますか?」

「いや、一緒に来ていただけますか」

と、大谷は小声で言った。

「分りました」

即座に言って、廊下へ出るとドアを閉めた。ルームキーはポケットに入れてある。
「こちらへ」
大谷は足音を忍ばせて、二階の客室フロアの奥へと藍を案内した。
突き当りに〈非常口〉があって、そのドアを開けると、外の階段だった。
もう雨は上っていた。ひんやりと湿った空気に包まれる。
大谷は階段を下りて行った。一階から、さらに下へと続いている。
抉った穴のような所に、ドアがあった。
大谷が鍵を取り出して、そのドアを開ける。
中に短い廊下があって、薄暗い明りの下、倉庫のような扉が並んでいた。
そしてその奥――。さらに下へ続く階段があった。
下りて行くと、重そうなドアがある。大谷がもう一つの鍵で、それを開けた。
暗がりの中へ入って、大谷が明りを点けると――。
目に入ったのは、「虹」だった。
その部屋の正面の壁一杯に、虹が描かれていたのだ。
「誰?」
ベッドから起き上ったのは、若い女性だった。
「ここを出て行くんだ」

と、大谷が言った。「この人が君を連れて行ってくれる」

「でも……あなたは？」

と、その女性は大谷に訊いた。「一緒に行かないの？」

「私はここにいないと……。君は帰らなくちゃいけないよ」

女性は不安そうに藍を見て、

「この人は？」

と言った。

「あなたは、久保山ゆかりさんね」

と、藍は言った。

「え？　どうして私のことを知ってるの？」

「あの虹の絵で分ったわ」

と、藍は壁の絵を見て、「虹が好きだったのね？」

「ええ。でも……」

「あなたのお母さんが教えてくれた。私が夜空に虹を見る、って」

「お母さん！　お母さんはどうしてるの？」

「あなたをずっと待っているわ」

「分っただろう？」

と、大谷が言った。「さあ、仕度して、この人と一緒に行くんだ」

「大谷さん……」

そのとき、

「行かせないわよ！」

と、声がした。

ドアの所に、安崎保奈美が立っていた。散弾銃を構えて、銃口は真直ぐ藍へと向けられていた。

「安崎さん――」

「幽霊と仲がいいかもしれないけど、自分も幽霊になる？」

「落ちついて下さい」

と、藍は言った。「私、死ぬつもりはありません、まだ。でも、私がここへ来たこと、偶然じゃない、ってあなたにもお分りでしょう？」

「それなら何だというの？」

「人間の知恵を超えた、もっと大きなものの意志ですよ。それを〈神〉と呼んでも〈仏〉と呼んでもいいけど、このゆかりさんは、今見付かるべくして見付かったんです」

と、藍は言った。

「そんな運命なんて信じないわ」

と、保奈美は首を振って、「運命があるのなら、私がこの子と出会ったことこそ運命よ」

「もうやめるんだ」

と、大谷が進み出た。

「やめて！」

銃口が大谷の方を向いて、ゆかりが叫んだ。「撃たないで！」

ゴン、という音がした。

どう考えても散弾銃の音ではない。

保奈美の手から散弾銃が落ち、続けて本人も倒れてしまった。

「――やっちまった」

立っていたのは、真由美だった。「ちょっと乱暴だった？」

真由美は部屋に置かれていた、銅の花器をつかんでいた。

4　対面

一転、ゆうべの大雨が信じられないような晴天になった。

パンとコーヒーだけというシンプルな朝食だったのは仕方ない。ともかく早々に〈すずめバス〉のツアー客を乗せたバスは、紅葉した山道を辿って、東京へと向った。

バスには、藍とツアー客の他、もちろん久保山ゆかりと大谷も乗っていた。そして、安崎保奈美も……。

真由美の一撃が大分効いたらしく、朝まで気を失っていた保奈美は、さらに大谷に睡眠薬をのまされて、バスの一番後ろの座席でぐっすり眠っていた。

「——私もいけなかったんです」

バスの中で、ゆかりが言った。「十六の生意気盛りで、母はシングルマザーでしたから、友達と付合うおこづかいにも不足していました。あの日、サービスエリアに車で寄ったときは最悪の状態で。私、もう貧乏はいやだ、と思ってました。そこへ、立派な外車が入って来て……」

「私と保奈美は、結婚していませんでしたが事実上夫婦でした」

と、大谷は言った。「私たちには女の子が一人いて、十三歳の可愛い娘でした。ところが、その娘が車にはねられて死んでしまったんです。私と保奈美は、娘の葬儀を終えて、帰る途中、あのサービスエリアに寄りました。飲物を買うくらいで、すぐにまた出発したのですが、何と後ろの座席の床に、ゆかり君が隠れていたんです」

藍はびっくりして、

「じゃ、ゆかりさん、自分から姿を消したの？」

「そうなんです。ただ、私にとっては、『お母さんのせい』でしたけど」

「ゆかり君を見て、保奈美がどう思ったか、お分りでしょう」

と、大谷が言った。

「亡くなった娘さんの生れ変り、というわけですね」

「その通りです。あのホテルも、閉めてしまうつもりでしたが、保奈美はすっかり張り切ってしまって、『この子にホテルを残してあげなきゃ』と……」

「私も、しばらくホテルで楽しく生活してました。お料理も、もともと好きだったから、キッチンを手伝って。——でも一年くらいしたら、さすがに母のことが心配になって、連絡を取ろうとしたんです。そしたら……」

「保奈美は、ゆかり君の様子に気付いて、薬で眠らせ、あの地下室に閉じこめてしまったんです」

「止めなかったんですか？」

「じきに後悔するだろうと思いました。ところが、保奈美はどこで手に入れたのか、銃で脅し、『この子を殺して私も死ぬ！』と言ったんです。どう見ても本気でした」

大谷は首を振って、「少しの辛抱だと思いました。いくら何でも、ゆかり君を本当の娘にすることはできないのですから。でも、保奈美の気持は一向に変らず……」

「それで九年間も？」

「驚かれるでしょうが、日々が過ぎて行くのは早くて……。一年二年と、アッという間に……」

と、大谷は言った。

「母が、そんなことになってるなんて……」

と、ゆかりが言った。

「ともかく、あのサービスエリアに寄りましょう。お母さんと連絡が取れるといいんですが」

――バスをあのサービスエリアに横づけする。

「あのとき、久保山さんのことを教えてくれた売店の人がいるんです」

中へ入って、藍は売店の中を捜したが、姿が見えない。

キョロキョロしていると、

「――ゆかり!」

と、声がした。

「お母さん……」

「まあ……。見付けて下さったんですね!」

と、ゆかりへ駆け寄り、抱きしめたのは――何と、あの売店の女性だった!

「あなたが……。久保山さん?」

藍が面食らって言った。

「ええ、久保山由佳です」

と、その女性は言った。

「でも……」

「騙してすみません。――ゆかりを見付けるには、いなくなったここで待つしかない、と思ったんです。でも、月日がたって、諦めかけたころ、町田さんの記事を読みました。この人なら、見付けてくれるかもしれない、と思って」

「それで……」

「ここへ、いつかきっと寄って下さる日が来ると信じて、待っていました。あのとき、ドライバーさんと食事に寄られたのを見て、急いで、予め頼んでおいた友人を呼び寄せたんです。このすぐ近所に住んでいて、元は役者でした」

「じゃ、あのときの『お母さん』は別人だったんですか？」

「そうなんです」

「お母さんたら……」

と、ゆかりが呆れている。

「でも、どうしてわざわざ……」

「町田さんに興味を持っていただくには、謎めいた演出をした方がいいかと思いまして」

「まあ……」

さすがに藍も絶句してしまった。

「でも本当に見付けて下さった！　私の祈りが届いたんですわ」

久保山由佳は、娘を抱きしめた。

「いえ、それは……」

本当に偶然だったんですけど、と言いかけてやめた。

偶然にしても、やはり何かの力が働いていたのかもしれない。

「ゆかり、ずっとどこでどうしてたの？」

と訊かれて、

「あのね……。町田さん、保奈美さんのこと、どうしたらいいか、お任せします。気の毒な人ですし……」

「そう言われても……」

藍は、困惑しつつ、「ともかく……お客さんたちに、ここでお昼を食べていただきましょう！」

と言った。

ツアー客が食事している間に、藍は外へ出て、筒見へ電話した。

「ホテル代のことですけど――」

「うん、よく考えた」

と、筒見が言った。「他のツアーで、そこを使うから、と言って、安くしてもらえ。分ったな」

「でも――」

切れてしまった。――やれやれ。

「藍さん」

真由美がそばへやって来ていた。

「面倒だわ。どうしたらいいのか……」

「藍さんが決めればいいのよ。何てったって、天下の霊感バスガイドだもの」

「よしてよ」

と、藍は苦笑した。

保奈美のことは、大谷が引き受けてくれるだろう。

ともかく、ゆかりが無事に戻ったのだ。

「あ、藍さん、見て！」

「え？」

真由美の指さす方へ目をやると、空にみごとな虹がかかっていた……。

賭けられた少女

1　母親

ショッピングモールを歩いていた遠藤真由美は、ちょっと洒落たバッグをショーウインドウの中に見付けて足を止めた。

「へえ、こんなんで結構するんだ」

とはいいながら、買おうと思えば、親のクレジットカードがある。

しかし、真由美にはむだづかいの趣味はなかった。必要ならば買う。でも、今は必要ない、と思った。

そこへ、

「真由美ちゃんじゃない？」

と、声がして、振り向くと、コートをはおった女性が立っていた。

「あ……。理沙のお母さん」

「久しぶりね。こんな所で会うなんて」

「ええ。――理沙は元気ですか？」

「元気よ。ただ……突然学校をやめることになって。気にしてる」

「私もびっくりしました」

「そうよね。ごめんなさい。説明もしないで」

「そんなこと……」

「ちょうど良かったわ」

と、その女性——片野理沙の母、片野朋子は言った。「時間あるようなら、ちょっとお話ししない？」

「いいですよ」

と、真由美は肯いた。

二人は、手近なハンバーガーの店に入った。

真由美は飲物だけにしたが、片野朋子は、

「お昼を抜いちゃったんで、お腹が空いてて」

と、ハンバーガーとコーヒーを買った。
四十二、三というところだろう。片野朋子は、お洒落で華やかな感じの女性だった。
娘の理沙と真由美は中学からの友達で、高校でも同じクラスだった。

それが——半年ほど前、理沙は突然学校へ来なくなったのだ。

ケータイもつながらなくなり、真由美は理沙の家へも行ってみたが、引越した後だった。

　半月ほどして、理沙が「家の事情」で退学したことが告げられ、真由美は教師から、

「片野さんのところは、お父様の事業がうまく行かなくて、破産したそうよ」

と聞かされた。

　理沙からは連絡もなく、真由美も心配しながら、どうしようもなかったのである。

「――突然のことでね」

　と、ハンバーガーを食べながら、片野朋子は言った。「一旦ああなると、一家で姿を隠すしかなくなるの。借金の取り立てをする連中はヤクザみたいなものでね。本当に夜中にこっそり親子三人で逃げ出したのよ」

「大変でしたね」

「ええ。――理沙も可哀(かわい)そうでね。せっかく学校に楽しく通ってたのに……」

「今、どうしてるんですか？」

「小さなアパートで暮してる。でも居場所を知られると、また押しかけて来られるかもしれないから、誰にも言えないの。ごめんなさいね」

「いえ。そんなこと……。もし、できたら理沙に、私のケータイへ連絡してくれって言って下さい」

「分ったわ。ケータイも解約してるから……」

真由美は自分のケータイ番号をメモして渡した。

「理沙に言っとくわ。——あら、いやだ。ケチャップが指に……」

「ティッシュ、持って来ますよ」

真由美は、店のカウンターに置かれていたウェットティッシュを取って来て、

「これ……」

と言いかけたが——。

え？　どこへ行ったんだろ。

一瞬の間に、朋子の姿が消えていたのである。

トイレにでも行ったのかしら？

しかし、朋子は戻って来なかった。

真由美は首をかしげながら、店を出ようとして、バッグの口が開いていることに気付いた。

「おかしいな……」

開けた覚えはないのに。

バッグの中を覗(のぞ)いて、真由美は、

「まさか！」

と呟いた。

中を探る。——しかし、間違いなかった。

バッグの中から、財布がなくなっていたのだ。

「そんな……」

あの理沙のお母さんが？　そんなことって……。

真由美は、しばし呆然としていた。


「あ、藍さん！」

真由美は、人ごみの中をやって来る町田藍の姿を見付けて手を振った。

藍は手を振り返すと、足取りを速めて真由美の立っていた店の前に来て、

「どうしたの？　びっくりしたわ」

と言った。

「ごめんね。今日、藍さん、お休みだったの？」

「ええ。のんびり居眠りしてたのよ」

「起しちゃってごめん」

「ちっとも」

と、藍は笑って、「夜まで寝てたら、明日が大変。起してもらって助かったわ。でも、何があったの？」

「お願い。お金貸して」

真由美の言葉に、藍は目をパチクリさせた。

——町田藍は二十八歳。小さな観光バスの会社〈すずめバス〉のバスガイドである。

遠藤真由美は〈すずめバス〉のツアーの常連で、藍とも仲がいい。

「——そんなことがあったの」

と、藍は言った。「お財布にはカードとか……」

「それは別にしてたから、大丈夫。現金の入ったお財布が……」

「そのお友達のお母さんが盗ったってわけね？」

「他に考えられない。——そう思いたくはないんだけど」

二人は結局一緒に夕食をとることになった。

お金がないとはいえ、真由美は親のカードを持っている。カードが使える店なら大丈夫というので、藍などはちょっと二の足を踏むレストランに入っていた。

「お金なくても困らないでしょ？」

と、藍が言うと、

「でも、駅の売店で雑誌買ったりするから」

「そう……。いくらぐらい入ってたの、お財布？」

「大したことないの。あんなの盗って行ったたって、足しにならないと思うけど。せいぜい五、六万円よ」

「それだけ入ってりゃ充分よ」

「そう？」

真由美は本気で首をかしげている。

「——片野さんというのね？　じゃ、暮しに困って、盗って行ったのかしら？」

「そうだと思う。だから、警察に届けたりはしないわ」

「でも……」

真由美の話を聞いた藍は釈然としなかった。

突然の出来心で盗ったにしては、あまりに素早い。むしろ、そのハンバーガーの店に入るときから、真由美のバッグの中を狙っていたとしか思えない。

「でも現金しか入ってなかったら、まず見付からないでしょうね」

「藍さんの霊感で、お金の匂いとか分らない？」

「からかわないで」

「ごめん」

と、真由美は笑って言った。「私——藍さんに会うと元気になれる。それで来てもらったの。やっぱり、仲良かった友達のお母さんが財布を盗んだ、なんてショックだったから」

「分るわ」

と、藍は肯いて、「私と話して気持が晴れるのなら、いくらでも相手するわよ」

「ありがとう、藍さん！」

と、真由美は身をのり出すようにして、藍の手に自分の手を重ねた。

——それにしても、と藍は真由美と別れての帰り道で思った。いくら困っているといっても、娘の友達だった子の財布を盗むというのは……。

その片野朋子という母親に、藍は真由美ほど同情する気にはなれなかった……。

2　訪問客

「お疲れさま」

今日は珍しく（？）昼間の普通のツアーを終えて、本社兼営業所に戻って来た町田藍。

ともかく無事に終った報告をしなければならないので、本社の中へ入って行った。

「やあ、どうだった？」

いつも綱渡りの経営のくせに、妙に明るい社長の筒見（つつみ）が声をかけてくる。

「特に問題ありませんでした」

と、藍は言った。「ただ、お客が五人しかいなかったってことを除けば、ですけど」

「それじゃ、ガソリン代も出ないな」

と、筒見が首を振って、「おい、やっぱりどこかで幽霊を見付けて来てくれよ」

「社長。探せば見付かるってもんじゃないんですよ」

と、藍は苦笑した。

普通の人間より並外れて霊感の強い藍はしばしば本物の幽霊と出会うことがある。それを利用したツアーには、あの遠藤真由美をはじめ、常連の固定客がいるのだ。

「そうそう」

と、筒見が言った。「その可愛いお嬢さんが君を待ってる」

「え？」

玄関脇のベンチに、セーラー服の女の子が座っていた。

「──私に何かご用？」

と、藍が訊くと、おずおずと、

「あの……〈幽霊と話のできるバスガイド〉さんって……」

「私のことね、たぶん。それが何か？」

「ご存知ですか、遠藤真由美って子を」

「ええ、よく知ってるわ」

と言って、気が付いた。「そのセーラー服、真由美ちゃんと同じ？」

「はい……。これ……〈真由美〉って名が入っていて……」

紙袋から取り出したのは、ピンクの財布だった。

「あら……。真由美ちゃん、この間、お財布を盗られたって言ってたけど」

「――やっぱり！」

女の子は力なく、「真由美のなんだ……」

「あなた……片野さんというの？」

「ええ、片野理沙です」

「そうそう、そういう名だったわね。真由美ちゃん、あなたのお母さんと会ったときに――」

と、藍が言いかけると、女の子はワーッと泣き出してしまった……。

「待たせてごめんなさい」

と、藍は〈すずめバス〉の近くのパスタの店に入って、待っていた片野理沙と向き合って座った。「バスを洗わないといけなくてね。時間がたつと、泥とか落ちなくなるのよ」

藍は、元気なく座っている理沙を見て、「お腹空いてるんじゃない？　私も食べるから一緒にどう?」

「あ……。でも、私、お金を……」

「何言ってるの。安月給で有名な〈すずめバス〉でも、スパゲティ一皿おごるくらいは持ってるわよ」

「じゃあ……いただきます! すみません。ミートソースとナポリタンとピザ!」

藍は、十七歳にふさわしい食欲で食べまくる理沙を見て、胸が痛んだ。明らかに何日もまともに食べていないだろう。

それに、セーラー服は明るい所で見ると、汚れて、あちこちすり切れていた。

――アッという間にひと皿めを空にすると、理沙は、口を開いた。

「お母さんがあの財布を公園の屑かごへ捨てるのを見て、おかしいなと思って、後で取り出してみたら、〈真由美〉って名が……。ひどいわ……。真由美がさぞ怒ってるだろうと思って……」

「そんなことないわよ」

「でも――」

「だったら、ここへやって来ないわ」

「え?」

店へ駆け込んで来たのは、真由美だった。

「理沙！　良かった！　生きてたんだね！」

「真由美――」

理沙は絶句して、涙を拭くと、「ごめんね！」

「さあ、ともかく、食べながら話を聞きましょう」

と、藍は言った。「理沙ちゃんのお母さんは……」

「学校には、お父さんが事業に失敗したって言ったんですけど……。本当はそうじゃないんです」

と、理沙が言った。

「じゃ、どうして……」

「お母さんなの。――お母さんが、私やお父さんの知らない内に、凄い借金をこしらえてしまって……」


「外れね……」

片野朋子は、ちょっと眉をひそめて、「ツイてないわ、今日は」

と呟いて、手にした馬券を引き裂いて、投げ捨てた。

ブラブラ歩きながら、財布を開ける。――あの子の財布からもらった六万円も、もうあと五千円ほどしか残っていなかった。

何か――理沙に夕ご飯になるものを買って帰らないと。

昨日もろくに食べていない。――あら、昨日ってどうだったかしら？

何か食べた？――思い出せない。

でも……。まだ五千円あるんだ。

スーパーのお弁当なら千円もしない。二人で千五百円。なら、三千五百円は使っても大丈夫。

暮れた空に、パチンコ店の華やかなネオンが光っている。――そうよ。勝てば、うんとおいしいものを買って帰れる。

結局、その方が理沙のためだわ……。

朋子は吸い込まれるように、パチンコ店へと入って行った……。


「じゃ、お母さんがギャンブルで？」

と、真由美は目を丸くした。

「そうなの。――一体いつごろからギャンブルにはまったのか、お父さんも私も全然気付かなかった……」

理沙は二皿めのパスタを食べながら、「おかしいと思って調べたら、お母さん、うちの家も土地も担保（たんぽ）に入れてた」

「で、家にもいられなくなり、貯金も残高ゼロ。高利のローンにも手を出してて、どうにもならなかった」

「へえ……」

「お父さんは？」

「大喧嘩して……。お父さん、出てっちゃった」

「理沙を置いて？」

「お父さん、愛人を作ってたの。それもお母さんがギャンブルに走るきっかけだったみたいだけど。――結局、お父さん、その女の所へ行っちゃった」

「ひどいわね……」

「そうなると、お母さんを止める人もいなくなって……。お母さん、毎日、パチンコや競馬や……。ともかく何でもやるようになったの。持ってた服やアクセサリーを売ったりしてお金を作っては、すぐに使い切っちゃって」

「それは病気ね」

と、藍が言った。「相談相手になってくれるような親戚の方とかは？」

「私、全然知らないんです」

と、理沙は言った。「でも、真由美のお財布を盗むなんて……。ひど過ぎる」

「今日、お母さんは？」

「『運が向いて来てるのよ』って言って出かけました。たぶん場外馬券売場とかに……」

「そう……」

「あの……ピザも食べていい？」

「注文してあるでしょ。何なら他にも何か？」

「私、甘いものが欲しい。ケーキとか、アイスクリームとか……」

「いくらでも食べて！」

と、真由美が言った。


「出て来ました」

と、若い男がケータイで言った。

「どんな様子だ？」

と、相手の男が訊く。

「ありゃ、もうスッカラカンですぜ」

「そうか。――よし。今、どの辺にいる？」

「家へ帰るんじゃないですかね。――ええ、そっちの方へフラフラ歩いてます」

「よし、任せろ」

男の声は、明らかにほくそ笑んでいた。

もう少し残しとけば良かった……。

朋子は、舌打ちしながら、ほとんど無意識に家への道を辿っていた。

パチンコでは、アッという間に千円、二千円と消えて行く。——気が付いたら、もう残りは千円もなくなっていた。

どうしよう……。

理沙には何か食べさせなければ。遅い時間まで待って、スーパーの弁当が賞味期限近くになって安く買えるようになってから買うか……。

それにはまだ早過ぎる……。

力なく、足が動くのに任せて歩いていると——。

車が一台、朋子のそばへ寄って来て停った。ちょっと見かけないような大型の外車。

まさか自分に用があると思わなかった朋子は、そのまま歩いて行こうとしたが、そのとき、車のドアが開いて、

「お乗りなさい」

と、男の声がした。

「え？ ——私ですか？」

「そうですよ、片野朋子さん」

「どうして私のことを——」

「ともかくお乗りなさい。あなたの大好きな所へ連れて行ってさし上げます」

まるで吸い寄せられるように、朋子はその車に乗っていた。

ダブルの上等なスーツにネクタイという、貫禄（かんろく）のある男だった。

「あの……」

「私は宮里（みやさと）という者です」

と、男は言った。「あなたのことは聞いていますよ」

「はあ……」

「何よりもギャンブルを愛している。そして度胸もいい。私の見たところ、あなたは生れながらのギャンブラーですな」

「まあ、そんな……」

「ご家族や周りがどう思っているかはともかく、あなたはギャンブルに才能がおありだ」

「そうおっしゃっていただくと……」

と、朋子は少し照れて、「あの……どこへ行くんでしょう？」

3　急流

「まだ帰ってない……」

その古びたアパートの二階の窓を見上げて、理沙は言った。「——真由美、ごめんね今日は。町田さん、すっかりごちそうになってしまって……」

「いいえ、気にしないで」

「理沙、今度、うちへ来て、私の服を持ってって。大体寸法合うでしょ。少し太った方がいいと思うけどね」

「ありがとう」

理沙は涙ぐんでいた。

「それじゃ——」

と、藍が言いかけたとき、タクシーが一台やって来て停った。

「お母さん！」

と、理沙が目を丸くした。

朋子が両手にいくつも大きな紙袋をさげてタクシーから降りて来たのである。

「理沙！　さあ、引越しの仕度をしましょ！」

と、朋子は言って、「あ……。真由美ちゃん」

「どうも……」

「この間はごめんなさいね。切羽詰っていたものだから」

朋子は財布を取り出すと、「あのときのお金、お返しするわね。それにお財布の分も」

朋子の札入れは分厚くふくれ上っていた。理沙と真由美は顔を見合せた。

「お母さん、どうしたの？」

「勝ったのよ！　凄かったわ！　ルーレットに賭けたのが面白いように当ってね！　どう？　百万円以上も儲けたのよ」

「お母さん……」

「何か食べに行きましょう！　この荷物、置いてくるから待ってて。――あなたの服も買って来たわよ」

タクシーへ、待つように言って、朋子はアパートの中へせかせかと入って行った。

「どうしちゃったんだろ……」

理沙が呆気に取られている。「真由美、ごめん、また連絡するわ」

「うん、分った……。でも、いつまでも勝つわけじゃないしね……」

藍は少し離れて見ていたが、朋子のはしゃぎようが不安だった。

それに――パチンコなどでお金を使い切っているはずの朋子がルーレット？

どこか危うい印象を抱えながら、ともかく藍と真由美は引き上げることにした……。
そして——二か月ほどがたった。

大分暖かくなった日の午後、藍は雑貨を買いにデパートを歩いていた。

「ちょっと、どういうこと！」

という甲高い声がした。

足を止めた藍は、別人のように着飾った片野朋子が店員に文句をつけているのを見た。

「こんなに簡単にボタンが取れるなんて！　これでお金を取ろうって言うの？」

「誠に申し訳ありません」

平謝りに謝っている店員に、朋子はくどくどと文句を言い続けていた。

「みっともない」

という声がした。

「あら、理沙ちゃん」

「あ、町田さん！」

理沙は離れた所から、母が店員を叱りつけているのを見ていたのだ。

「お母さん、以前はあんなことなかったのに……」

理沙は真新しいニットの服を着て、スッキリしていた。

「真由美ちゃんも、あなたと連絡できたって喜んでたわ」

「ええ……。今はマンションに住んで、楽な生活してます」

と、理沙は言った。「でも――何だか落ちつかなくて、まだ学校に通ってないんです」

「お母さんは、賭けごとで稼いでるの?」

「そうなんです。――宮里って男の人が、いつもお母さんを迎えに来て」

「宮里?　どういう人なの?」

「さっぱり分りません。どう見ても、まともな仕事をしてる人とは思えないんですけど」

朋子がプリプリしながらやって来ると、

「理沙、もう宮里さんと待ち合せてる時間よ。――あら、先日のバスガイドさんね」

と、朋子は藍に気付いて、「いかが?　ルーレットで運試しでも?」

「私は一向にそういうツキがないので」

「ツキなんて、勢いよ!　いいときにうんと稼がないとね!　では失礼」

朋子は娘を促してデパートの出口へと向った。

藍は少し離れて後を尾けた。

車寄せの所に大きな外車が停っていて、ダブルのスーツの男が立っていた。

「ごめんなさい、お待たせして」

と、朋子が言った。

「いやいや、いいものはあったかい？」

「ええ、届けてもらうことにしたわ」

「それがいい。――さあ、今夜は今評判のステーキの店に行こう」

「いつもすみませんね」

「何を言ってるんだ。さ、理沙ちゃんも乗って」

「はい……」

藍はその車が走り去るのを見送った。――ケータイで、宮里という男の写真を撮っていた。

一体何者だろう？

藍はデパートの中へ戻りかけたが――。

「あの……」

と、おずおずと声をかけて来た男がいた。

「何か？」

「今の外車に乗ってった人たち、ご存知なんですか？」

どこか疲れた感じのする中年男。――誰かに似てる、と思った。

「もしかして――片野さんですか？　理沙ちゃんのお父様？」

「そうです」

と、男は肯いて、「朋子と理沙は、今どうしてるんでしょう……」

と言った。

その表情は疲れ切っていた。


「そうでしたか……」

片野は、藍の話に力なく肯いて、「じゃあ、朋子はうまく稼いでるんですね」

「今のところは、そのようです」

と、藍は言った。

デパートの中のティールーム。――片野智夫(ともお)は、一応スーツにネクタイという姿だったが、どちらもしわだらけの、貧しげな格好だった。

「あの……恐れ入りますが」

と、片野がおずおずと言った。

「お腹空いてらっしゃるんでしょ?　ここ、カレーライスぐらいならありますよ」

「じゃあ……その……」

「どうぞ召し上って」

「はい!」

片野の声が震えた……。

藍は、片野がアッという間にカレーを平らげてしまうのを眺めていたが、片野はさらにサンドイッチを注文した。

「――生き返りました」

片野はしわくちゃのハンカチで涙を拭うと、「いい年齢をして、お恥ずかしい……」

しかし、サンドイッチが来ると、すぐに手を伸ばさずにはいられなかったのだ。

「片野さん、別の女性と暮しておいでと伺っていましたけど」

「はあ……」

片野はコーヒーを一口飲んで、「でも、家を出たのは、私がいては朋子も賭けごとをやめないだろうと思ったからで……。確かに、阿部恵美という子と付合っていたのは事実です。しかし、彼女のアパートに転り込んでみると、他にも若い男、二、三人と付合っていて、私は邪魔者ということになり……」

「あら」

「結局、アパートを追い出されたんです。ボクサーくずれという男に、殴り飛ばされて、財布も何も持たずに……」

「それで、朋子さんを捜しに?」

「このデパートが好きだったんです。よく買物に付合わされました。もしかしたら、と思ったら、本当に……」

いつしか、サンドイッチも消えていた。

「落ちつきました？」

と、藍が訊くと、

「はあ……」

と、片野は息をついた。

「お仕事は？」

「前の会社は、朋子の借金の件で迷惑をかけたので、辞めてしまって、今は失業中です。四十八にもなると、なかなか……」

こうも気力を失くしていたら、雇ってくれる所は見付からないだろう、と藍は思った。

「あの宮里という男の人、ご存知ですか？」

「いや……。どう見ても、普通の仕事じゃなさそうですね」

「朋子さんを『ギャンブルの天才』だと言って、ルーレットなどに連れ回しているようですよ」

「そうですか……。しかし、ギャンブルに天才なんてあるもんでしょうかね」

「私も信じていません」

と、藍は首を振って、「何か他に目的があるような気がしているんです……」

4　虚(うつ)ろな家

アパートのドアが開いて、

「じゃ、今日はちゃんと店に出ろよ」

と言いながら出て来たのは、片野だった。

「あなたも仕事を——」

と、女の声がした。

「分ってる。昨日だって一万円持って帰っただろ」

片野はうるさそうに言うと、足早に行ってしまった。

「——そういうことね」

藍は、ものかげからその様子を覗いていた。

片野の出て来た部屋のドアを叩くと、

「忘れもの？」

と、ドアが開いて、「あ、ごめんなさい」

「いいえ」

と、藍は微笑んで、「阿部恵美さん？」

「ええ……」
二十七、八だろう。パジャマ姿で、
「あの、何か……」

「ちょっとお話が」

と、藍は言って、その女性が、身ごもっているのに気付いていた。

「ご用ですか?」

朋子は、オフィスの中を覗いて言った。

「入ってくれ」

と、宮里が言った。「まあ、かけろ」

オフィスといっても、何の仕事をしているのか、朋子にもよく分らない。

いや、この手前の広い部屋には、昼間でも男たちが何人か集まって、特に何もしていないのだ。

しかし、朋子は宮里に、どんな仕事をしているのか、訊いたことはない。——知らない方がいい、と直感的に思っていたのである。

ともかく、宮里が連れて行ってくれる、秘密の賭博場で、朋子はルーレットでもカードでも、かなり儲けていた。それで充分だ。

「どうだい、調子は?」

と、宮里が訊く。

「ええ。ゆうべも百万近く」

「そいつは凄い」

と、宮里は首を振って、「あんたは本当にツキを持ってるんだな」

「そうでしょうか」

と、つい笑顔になる。「でも、いつか負ける日も……」

「そりゃそうだろう。それがギャンブルの面白いところだ」

「でも、娘もいますし。負けて、すべて失うわけにもいきません」

「そいつはいけないぜ。守りに入ると、ツキが逃げる。よくあることだ」

「ええ、賭けるときの大胆さを忘れないようにします」

「その意気だ」

宮里はちょっと間を置いて、「――俺はあんたのツキに賭けようと思う」

「何の話ですか?」

「あんたも分ってるだろ? ここがどういう所か」

「いえ、よくは……」

「ここは大きな組の、いわば出張所だ。いわゆる暴力団事務所だな」

「そう……ですか」

「怖がることはない」

と、宮里はニヤリと笑って、「ちょっと付合ってくれ。一杯やりながら話そう」

朋子も、拒むわけにはいかなかった。

昼間だったが、宮里は近くのクラブに朋子を連れて行った。

宮里がそこのオーナーだと、朋子は初めて知った。他にも、この一帯のクラブやバーなど、宮里の縄張りだということだった。

「――まあ飲め」

と、宮里はブランデーを飲みながら、「実はな、今度大きな勝負がある」

「というと？」

「今、うちの組はよそとぶつかりそうになってるんだ。若い連中は血の気が多い。いつ流血騒ぎが起きてもおかしくない」

「私がそれとどういう……」

「賭けだ」

「え？」

「そっちの組のボスがな、ギャンブルの大好きな男なんだ」

と、宮里は言った。「大野（おおの）といってな」

「話しているとき、あんたのことが話題になった。大野も、あんたの名前を知っていたよ」

「はあ……」

「それで、大野が言い出したんだ。あんたと二人、ギャンブルで勝負をつけよう、とな」

「そんな……」

「今さら引込むわけにいかない」

と、宮里は言った。「明日の夜、いつもの場所で、大野と勝負してくれ」

「でも……」

「賭けるのは、この一帯の縄張りだ」

「そんな……。無理です」

朋子は青ざめて、「勝てばいいけど、もし……負けたら？」

「この辺の縄張りを失うことになる」

と、宮里は言った。「必ず勝ってくれよ」

「そんなこと……」

朋子の声が震えた。

「心配するな」

と、宮里は笑って、「勝負は時の運。分ってるさ」

「何か他に方法は……」

「出入りだな。大勢が、死んだりけがしたりするだろう」

「じゃ、私が勝負すれば……」

「ああ。流血騒ぎにならないですむ」

朋子は、しばらく黙っていたが、やがて、

「——何の勝負ですか？」

と訊いた。


「藍さん、ごめんね」

と、遠藤真由美が言った。

「どうしたの？」

夜中だった。——真由美から、

「会いたい」

という連絡が入ったのだ。

「何かあったの？」

会うなり、藍は訊いた。

真由美は都心のホテルの一室にいた。

「ちょっとね」

と、真由美は言って、「ね、廊下の先の方、覗いてみて」

「先の方？」

ゆるくカーブした廊下の先を覗くと、ドアの前に立っている男。スーツ姿だが、どう見てもまともでない。

「──あの男、ヤクザじゃない？」

「そう思う？」

と、真由美は言った。

「あの部屋に誰が泊ってるの？」

「片野さん」

「あのお母さん？」

「理沙も一緒なの」

「どういうこと？」

「理沙から連絡があって。──今夜、お母さんがギャンブルで大きな勝負をするんですって」

「勝負？」

「それが、宮里って男の人、どこかの暴力団の顔役らしくって。それで、朋子さんが、他の組のボスとギャンブルで……」

真由美の話を聞いて、

「それじゃ──」

と言いかけると、藍は、「待って」

「どうしたの？」

「今、廊下で声がした」

藍はそっとドアを開けた。

片野朋子が、男二人に付き添われて、エレベーターへと向うところだった。

その二人の男は、ドアの前にいた男とは別だった。

ということは、一人は理沙のいる部屋の前で見張っているのだろう。

「ここで待ってて」

と、藍は言った。「後を尾けてみるわ」

大丈夫だわ。

朋子は、内心ホッとしていた。

まだ大丈夫。私はツイてる。

大野という男は、大柄で、さすがに貫禄があった。

ポーカーでの勝負で、朋子は数百万も勝っていた。

「いや、大したもんだ」

と、大野は言った。「あんたにはギャンブルの女神がついてるな」

「おかげさまで」

と、朋子は言った。

「よし。——では、本当の勝負だ」

「本当の？」

「聞いてるだろ。縄張りを賭ける」

「ええ。もちろん」

「何で勝負する？　あんたが選べ」

朋子は少し考えて、

「ルーレットでは？」

と言った。

「よし。数字一つに賭ける。それでどうだ」

「結構です」

「三回回そう。賭けた数字に近い方が勝ちだ」

「分りました」

ルールも何もない。しかし、朋子はルーレットでは自信があった。

初めは大野が勝ち、二度めは朋子が勝った。

「次の勝負だな」

と、大野がニヤリと笑った。

ルーレットが回り、球がカラカラと音をたてる。朋子は息を呑んだ。

――目を疑った。

球は、大野の賭けた数字そのものに入っていたのだ。

血の気がひく。こんなことって……。

「俺の勝ちだな」

と、大野は言った。「――それとも、もう一度やるか?」

朋子は大きく息を吸って、

「お願いします!」

と言った。

「よし。俺は今手に入れた縄張りと、今持っている分も、全部賭けよう」

「分りました」

「あんたは何を賭ける？」

朋子は詰った。

「現金では……」

「そんなはした金では足りんよ」

「でも……」

朋子は、宮里の方へ目をやった。

「大野さんのお望みは？」

と、宮里が訊く。

「そうだな」

大野はしばらく考えていたが、「――あんたには娘がいるそうだな」

「え……。ええ、います」

「いくつだ？」

「娘ですか。十七です」

「その娘を賭けろ」

朋子は愕然（がくぜん）とした。

「そんな……。そんなことはできません！」

「朋子」

と、宮里が朋子の肩に手を置いて、「ちょっと来い」

宮里について、朋子は奥の小部屋へ入って行った。

「おい、朋子――」

「お願いです！　理沙を賭けるなんて、そんなことはできません！」

「落ちつけ」

宮里には、焦っている様子はなかった。「何も、理沙ちゃんを売り飛ばすって話じゃない。俺にとっても、あの子は可愛い」

朋子は少し安堵した。

「じゃ、何か娘に代るものを……」

「その必要があるか？」

「え……」

「お前のギャンブルの才能を、俺は信じてる。大丈夫。必ず勝てる」

「でも……」

「勝つと信じるんだ。それでツキが戻ってくる。勝てば、理沙ちゃんを賭けても問題ないさ。そうだろ？」

「それは……」

「自分を信じるんだ！　お前は天才なんだ。そうだろう」

「私……。ええ、私にはツキを招ぶ力が……」

「そうだとも。大野なんか、たまに勝ったって、恐れることはない。見かけは強そうだが、ギャンブルに関しちゃ、お前の敵じゃない」

宮里の言葉は、朋子の内に熱く燃え立つものを呼び覚ました。

そうだ。——私は誰にも負けない。

「分りました」

と、朋子は肯いた。「理沙を賭けて、勝負します」

5 切り札

ドアが開いて、理沙は飛び上りそうになった。

「お母さん!」

入って来た朋子は、

「あら、まだ起きてたの?」

と言った。「まあ、真由美ちゃん、どうしてここに?」

「私が来てもらったの」

と、理沙は言った。「だって、怖くて……」

「まあ、それは気の毒だったわね」

と、朋子は笑って、「真由美ちゃん、わざわざごめんなさいね」

「そんなことといいんです」

と、真由美は言った。「勝負はどうだったんですか？」

「負けたら、こんな顔して帰って来られないでしょ」

「じゃ、勝ったのね！」

と、理沙は胸に手を当てて、「良かった！」

「お母さんを信じなさい」

朋子は理沙の頭をなでて、「勝負中は食べないから、お腹ペコペコ。このホテル、ルームサービスが二十四時間あるから、何か頼んで部屋で食べましょ。真由美ちゃんもどう？」

「いえ、私はいいです。——じゃ、帰るね、理沙」

「うん。ありがとう」

——真由美は、理沙たちの部屋を出て、自分の借りた部屋へ戻った。

「藍さん。——何か分ったの？」

藍が戻って来ていたのだ。

「向うは？」

「うん、勝った、って言って……」

「そう。でも、それはおかしいわ」

「どうして?」

と、真由美は訊いた。


決着はつかなかった。

朋子は、大野を相手に、さらにルーレットで戦った。しかし、一勝一敗となったところで、大野が、

「少し疲れた」

と言い出したのだ。「何しろ、ちょっと心臓が悪いんでな」

「どうするね?」

と、宮里が訊いた。

「明日、最後の勝負をしよう。どうだ?」

朋子は、今や少しも大野を恐れなかった。

「いいですとも。私のツキは落ちません」

と、言ってのけたのである。

「お母さん、どこに行くの?」

と、理沙は訊いた。

「いいから、黙ってついてらっしゃい」

と、朋子は言った。

迎えの車に、二人は乗っていた。

ホテルで昼過ぎまで眠ってしまった理沙は、ともかく母がギャンブルに勝ったと聞いて安心していたのだ。

でも——何だかお母さん、変だ。

理沙は車の中で、不安に思い始めていた。

しかし、車はどこかのビルの地下へと入って行き……。

——重々しいドアが両側へ開くと、宮里が立っていた。

「待ってたよ」

と、宮里は笑顔で、「理沙ちゃんも、こんな所、初めてだろ?」

けばけばしい装飾のある広いホール。

そこに、ルーレットの台や、いくつものテーブルが並んでいる。

「ここ……」

「君のお母さんが活躍している場所さ」

「お母さん、いつまでもこんなこと、してるつもりなの?」

つい、理沙は言っていた。

「理沙、私はね、ギャンブルの天才なの」

母の自信に充ちた口調は、理沙の初めて聞く、どこか不自然な響きを持っていた。

「さあ、大野さんがお待ちだ」

と、宮里が言ったので、理沙はびっくりした。

「お母さん、もう終ったんじゃなかったの?」

「終ったも同じよ。あと、たった一回、勝負すればいいんだから」

「でも……」

否も応もなかった。

奥の部屋には、大野が待っていた。そしてルーレットが一台。

「よく来たな」

と、大野が言った。「理沙というのは、この子か」

理沙はちょっと身を固くした。

「じゃ、始めましょう」

と、宮里が言った。「お互い、賭けるものを」

大野は、分厚い大判の封筒を、テーブルの上にポンと投げ出した。

「俺の縄張りの土地の権利証だ。本気だぞ」

「分っています」

と、朋子は言った。「さあ、理沙」

「え？」

「このテーブルの上に立って」

「テーブルの上？」

「君のお母さんは君を賭けてるんだ」

理沙は唖然として、

「そんなの、嘘だ！」

と叫んだ。「お母さん……」

「心配しないで。お母さんは勝つから」

理沙は、母が自分を賭けたことにショックを受けていた。

「お母さん……」

「では始めよう」

と、宮里が言ったとき、

「外に誰か来てます」

と、子分の一人が駆けて来た。

「誰だ？　警察か？」

「いいえ」

と、いつの間にかそこにバスガイドの制服の、町田藍が立っていた。

「藍さん！」

「こちらの真由美ちゃんのお父さんは、方々に顔が利くの」

と、藍は言った。「隠れた賭博場の見学ツアーを企画しまして」

藍の後から、真由美をはじめ、なじみのツアー客が十人余り、やって来ていた。

「ご心配なく。通報したりしませんから」

と、藍は言った。

「おい、さっさと始めよう」

と、大野が苛々と言った。

「そうですな」

宮里も渋い顔で、「じゃあ、一回きりの勝負ということで」

「どうぞ」

と、藍が言った。「見学させていただきます」

ルーレットが回る。カラカラと音をたてて、球がはねる。

そして……。

「馬鹿な！」

宮里が目をみはった。「こんなはずが……」

「私の勝ちね！」

と、朋子が手を打った。「見たでしょ、理沙？」

「お母さん……。お母さん、おかしいよ」

「何が？」

「やってられるか！」

と、大野が怒鳴った。「宮里、どうなってる！」

「俺にも、どういうことか……」

「これですよ」

と、藍が言って、手にした、〈すずめバス〉の旗を見せた。「この棒の中に磁石が仕込んであるんです。あなたのイカサマの邪魔をしたんですよ」

「何だと？」

「どういうこと？」

と、朋子が面食らっている。

「朋子さん。あなたが今まで勝ち続けていたのは、すべて宮里って人の仕掛けたイカサマだったんです」

と、藍は言った。

「何ですって?」

「あなたが才能だと思っていたのは、実は仕組まれたインチキだったんです」

「そんな……」

「私、人の嘘には敏感なんです。宮里は、あなたを騙して、この大野って人のために、この勝負を仕組んだんです。——ルーレットの台を調べてごらんなさい。好きな所に球を持っていけるようになっています」

「でも……どうして?」

「大野が、十代の女の子が好きだったからです」

と、藍は言った。「賭けに負けて、理沙ちゃんを大野が持って行く。しかも、宮里は自分の組を裏切って、縄張りを渡すことになってた。それを、朋子さんのせいにしてね。——朋子さんは、人知れず殺されることになっていたでしょう」

「好きなことを言いやがって」

と、宮里は藍をにらんで、「無事に帰れると思ってるのか!」

「もう手遅れですよ」

「何だと?」

扉が開いて、ドッと警官がなだれ込んで来た。

「藍さん……」

と、理沙が青ざめて言った。「お母さん、本気で私を――」

「ええ、そうなのよ。でもね、宮里にこのアイデアを吹き込んだのは、あなたのお父さん」

「お父さんが？」

「お父さんが一緒に暮してる阿部恵美さんは、ちゃんと事情を知っていたの。それで理沙ちゃんを心配して私に打ち明けてくれた」

「お父さんが私を、この大野って人に……」

「今ごろ逮捕されてるわ。宮里の下で、違法な薬物を売っていたの」

――話を呆然として聞いていた朋子は、

「じゃ、私がポーカーやルーレットで勝ったのは……」

「理沙さんを賭けさせるためだったんです」

「私が……勝ったんじゃないの？」

――宮里や大野が連行されて行く。

「お母さん……。目を覚ましてよ」

と、理沙が言った。「ね、私も働くから」

「そんな……。そんなはずない！」

朋子は聞いていなかった。

「——藍さん」

と、真由美が言った。「朋子さんはどうなるの？」

「違法な賭博をやっていたんだから……」

しかし、朋子は何も聞こえていない様子で、

「今日は……大きなレースがあるのよ」

と呟くように言った。「絶対に当るわ。理沙、見てらっしゃい……」

「お母さん……」

「病気なのよ、これは」

と、藍は言った。「朋子さんを入院させないと」

「でも……どうやって？」

理沙は、一人、フラフラと出口へ向う母の姿を見て涙ぐんだ。

「藍さん、どうすればいい？」

と、真由美が言った。

「お父さんの彼女だった、恵美さんと、力を合せて生きて行くしかないと思うわ」

と、藍は言った。「ギャンブルに勝者なんかいないのよね……」

遠い日の面影に

1　悲しみ

夜中の電話というのは、大方いい話ではない。

夜中に相手を叩き起して愛の告白をする人間もあるまいし、宝くじに当ったと知らせてくれる者もないだろう。

というわけで……。

〈すずめバス〉のバスガイド、町田藍（まちだあい）はケータイの他にちゃんと固定電話を置いていたが、原則として、

「鳴っても出ない」

ことにしていたのである。

留守電になっているので、どうしても必要なら、用件を吹き込むだろう。

しかし――その夜、藍は帰宅したときに留守電にメッセージが入っていたので再生していた。内容はただの電話セールスだったのだが、再生したまま、留守電にセットするのを忘れていた。

そのため、夜中に鳴り出した電話はずっと鳴り続けていたのだ。

「ああ……。しまったな……」

目が覚めてしまって、ベッドから這い出したのは、午前三時だった。

「間違い電話だったら、ぶっ飛ばしてやる」

と呟きながら、受話器を上げると——。

何だか——暗い声が、

「もしもし……」

と言った。「町田さんのお宅ですか……」

「はあ。——どなた?」

と、欠伸しながら言うと、

「町田さん? 藍さん?」

「そうですけど……」

「ごめんなさい、こんな時間に。私——憶えてないかもしれないけど、三崎悠里です」

「え? あの——三崎さん? まあ!」

「〈はと〉で一緒だった……」

「憶えてますよ! 忘れるわけないじゃないですか」

やっと目が覚めて来た。「色々お世話になって。でも、どうしたんですか?」

「どうしても……藍さんに伝えたくて」

「何でしょう？」

三崎悠里は、かつて藍が勤めていた大手の〈はと〉での先輩バスガイドである。

「あのね。高木(たかぎ)さんが亡くなったの……」

「——え？」

一瞬、藍は戸惑った。

高木？　誰だっけ？

しかし、三崎悠里がわざわざ知らせて来るということは……。

そうか！　あの高木さんだ。

「高木雄介(ゆうすけ)さんですか？　専務の」

「ええ、そうなの」

「そうですか。確かまだ……四十代？」

「五十になったところだった」

「そんなに若く……」

ここまで話して、なぜこんな夜中に三崎悠里が電話して来たのか、やっと藍にも思い当った。

〈はと〉で専務だった高木雄介と三崎悠里の関係は、バスガイド仲間で知らない者はなかったのだ。しかし、高木には妻子があり、不倫の仲だった。

三崎さん、まだ付合っていたのか。

「お気の毒でしたね」

と、藍は言った。

「明日の夜がお通夜なの。――あ、明日っていっても、もう午前三時だから、正しくは今夜ね」

「はあ……」

でも、藍はもう〈はと〉にいるのではないのだし、お通夜に行くほどの付合いもなかった……。

「こんなこと、あなたに頼むの、変だと思うでしょうけど……」

と、悠里は言った。「私の代りにお通夜に行ってもらえないかしら」

「私がですか？　でも……」

「その後のこと、藍さんは知らないから、無理もないけど。私、高木さんとのことで、〈はと〉辞めたの」

「え？　そうだったんですか」

悠里は今三十五、六だろう。藍のよき先輩で、優秀なバスガイドだった。

「だから、お通夜に顔出すわけにいかないの」

「でも、私が代りに行っても……」

「私、どうしても、あの人の遺影に手を合せたい。——別れたけど、思い切れなくて」

せつない気持が電話からでも伝わってくる。

「だけど、どうやって……」

「それでお願いなの」

と、悠里は言った……。


「あら、町田さんじゃない」

受付にいた一人が、藍の顔を見て言った。

「あ、どうも」

藍は記帳して、お香典を置くと、「まだ、これから？」

「そろそろじゃない、お焼香。——でも、町田さん、高木さんのこと、よく知ってたっけ？」

林恵子は、藍とほぼ同世代のバスガイド。藍よりやや可愛く、上司の覚えめでたく、リストラをまぬかれた。しかし、気のいい女性である。

「私、〈はと〉に入るとき、ちょっと高木さんのお世話になってたの」

と、確かめようもない、いい加減な話をでっち上げた。

「へえ、そうだったの」

「高木さん、何のご病気で？」

と、小声になって訊いた。

「え？　知らないの、あなた？」

林恵子は、「ちょっと、ちょっと」

と、藍の手をつかんで、脇へ引張って行くと、

「高木さんね、自殺したのよ」

と、押し殺した声で言った。

「まあ……」

藍は唖然とした。三崎悠里からは、何も聞いていない。「でも、どうして？」

「よく分んないのよ、それが」

と、林恵子は首を振って、「あなたも知ってるでしょ？　高木さん、三崎悠里さんと……」

「それは知ってるけど、それが原因？」

「そうじゃないと思うわ。三崎さん、居づらくなって、会社を辞めてたしね」

「辞めてからも会ってたとか？」

「それはないでしょ。他の会社に移ろうとしたけど、どこも雇ってくれなくて、結局四

国の方のバス会社に行ったの」

「あんなに優秀だったのに？」

「それが……。ほら、高木さんの奥さんって銀行の偉い人の娘だったでしょ。三崎さんのこと、方々手を回して、働けなくしたらしいわ」

「そんなことが……」

藍も、高木の妻のことは聞いたことがあった。しかし、なぜ高木は自ら命を絶ったのか……。

「——じゃ、お焼香して、そのまま失礼するわ」

と、藍は言って、通夜の会場へと入って行った。

まだ読経は続いており、中の席は八割方埋っている。

藍は入口を入ってすぐの、端の方の席に腰をおろした。

もちろん黒のスーツである。——こういう服装だと、どの女性も似て見える。

チラッと腕時計を見た。

「ではご遺族からご焼香を……」

という声に、高木の妻がまず進み出た。

離れてはいたが、青白い横顔は、夫の死をしっかり受け止めているように見えた。

妻の名は邦子（くにこ）といった。そして、一人息子。——明文（あきふみ）という背の高い若者は、十八歳の大学一年生ということだった。

邦子と明文の後、親族が焼香し、他の参列者へと続いた。

藍は、席を立つと、斎場の係の女性に、

「お手洗は……」

と訊いた。

廊下の奥の化粧室へと足早に入って行くと、

「——ごめんなさい」

黒いスーツの、三崎悠里が待っていた。

「三崎さん……。一緒に戻って、そのまま焼香の列に並べば大丈夫ですよ」

と言いながら、藍は、記憶の中の三崎悠里と、今目の前の、あまりに老けて、疲れた女性を比べる気持になれなかった。

「——行きましょう」

と、藍は促した。

何も訊くまい。高木の死についても、今、悠里がどうしているのかも。

もう終ってしまったことなのだ。他人が口を出すことではない……。

戻ると、参列者が次々に焼香していた。その列に、悠里を前にして、藍も並んだ。

正面の高木の写真を見て、ああ、こんな人だった、と思い出した。

大分若いときの写真だろう。暖かな笑顔は少し照れくさそうだった。

焼香は三列になっていたので、悠里と藍は遺族の席から一番遠い列に並んだ。

藍は、悠里の背中がひどく寂しそうに見えて、辛(つら)かった。

それでも、焼香を終えると、真直(まっす)ぐに背筋を伸して、高木の写真を見上げた。

藍は手早く焼香すると、悠里を隠すように前に出て、遺族へ一礼した。

そして、そのまま、傍の出口へと向った。

「――大丈夫ですか」

と、藍は振り返って言った。

「ありがとう」

悠里の目は赤くなっていたが、微笑を浮かべて、「良かったわ、ちゃんとお別れできて」

「そうですね」

「町田さん、もう帰って。面倒かけたわね」

「三崎さんは？」

「もう少し……。でも、大丈夫。人目につかないようにするから」

「そうですか」

少し気になったが、今は彼女の好きなようにさせてあげよう、と思った。

「じゃ、お先に」

と、藍は言って、「三崎さん、体を大切にして下さいね」

「ありがとう」

藍は会釈して、先に斎場を出た。――とても疲れた気がした。

2　暗がりの中

斎場前からバスで私鉄の駅に出たものの、ぐったり疲れた藍は、駅ビルの中の喫茶店に入って、一息つくことにした。

今は付合いのない人間のお通夜に出て、香典まで出して……。

「これも浮世の義理か」

と呟いて、うんと砂糖を入れて甘くしたコーヒーを飲んだ。

ケータイを取り出して電源を入れると、〈すずめバス〉の社長の筒見からかかって来ている。

「――もしもし？――あ、町田ですけど、お電話を？」

「どこに隠れてたんだ！」

と、筒見が不機嫌そうな声を出す。「男と一緒だったのか」

「何ですか、それ？」

ムッとして、「知り合いの人のお通夜に出てたんです。ケータイが鳴ったら困るでしょ」

「通夜？　幽霊は出ないのか」

「ご用でないなら、切りますけど」

「待て！　明日、常田君が急用で休むそうだ。代りに乗ってくれ」

「え？　でも……」

「山名君は午後から入ってる。朝八時に出発だ、頼むぞ」

「待って下さい！　そんな突然——」

と言いかけたが、もう切れていた。

〈すずめバス〉にはバスガイドは三人しかいない。常田エミと山名良子、そして藍。

エミが休みでは、確かに藍が行くしかないのだが、筒見の態度が気に入らない。

「急なことで悪いんだが……」

とか、

「疲れてるところ、すまんな」

とでも言ってくれたら、ずいぶん違うと思うのだが。

「ま、望むだけ空しいか……」

と、肩をすくめる。

「――あら、町田さん」

という声に顔を上げると、林恵子である。

「あ、どうも。もう終ったの？」

「私、明日朝一番で乗らなきゃいけないの。だから、お先に失礼して来た」

「そう……。疲れるわね、ああいうの」

「ねえ。私もコーヒー一杯と思って」

恵子はコーヒーを頼んで、「お香の匂いがしみ込んじゃってるわね、服に」

「クリーニングに出さないと」

「そうだ。ね、さっき三崎さんの話が出たでしょ？」

「ええ……」

「三崎さん、来てたのよ！」

と、恵子は言った。

「本当？」

「奥さんが気付いたの。目をつり上げて怒ってたわ」

藍は、三崎悠里を連れて出なかったことを後悔した。

「それで……どうなった？」

「さあ。私も知らない。ともかく参列者たちの前じゃ、席を立つわけにもいかないでしょ。焼香がすんだら、どうなるか。――三崎さんが、それまでに帰ってればいいけどね」

藍はどうしたものか迷ったが、もう通夜そのものが終っているころだし、今から藍が行ったところで、どうにもならない。

親族もいることだし、高木邦子も騒ぎ立てたりしないだろう。

「――今、どこにいるんだっけ？」

と、恵子が訊いた。

「確か、こっちの方に……」

という声がして、三崎悠里はカーテンのかげに身を潜めた。

あの声は高木の妻だ。

「邦子さん、もう出ないと。――放っとけばいいよ、そんな女のこと」

親戚らしい男が言っているのが聞こえた。

「でも……図々しいわ、本当に！」

「お母さん。行こうよ」

息子の明文の声だ。

「そうね……。明日の告別式に現われたら、ただじゃおかないわ」

恨みのこもった声で言うと、足音は遠ざかって行った。

息をついて、三崎悠里はそっと廊下を覗いた。

人気のないロビーは、照明が落ちて、薄暗くなっている。

早く出れば良かった。——分ってはいたのだが、高木から離れたくなかった。

少しでも、彼のそばにいたかったのだ。

——高木が自殺。

それを知ったのは、今暮している地方の新聞に載った、小さな記事だった。

たまたま目にとまったが、普通なら見過していただろう。

自殺、とは出ていたが、なぜ、どうやって死んだのかは書かれていなかった。——問い合せて、通夜の日取りは分ったが、詳しい事情は知りようがなかった。

二人が別れたのは三年前だ。今さらそのことが原因で死ぬとは思えない。悠里も、〈はと〉を辞めた後のことは何も知らなかった。

高木とは連絡も取らず、ただ忘れようとして、仕事をした。とはいえ、地方の小さなバス会社では、悠里にとって打ち込めるほどの仕事はなかった……。

「帰らなきゃ……」

と呟く。

斎場が閉ったら、出られなくなる。
悠里は正面の出入口へと急いだ。
そのとき——足音がした。
背後で、確かに聞こえたのだ。
振り返ったが、もう暗くなっていて、よく見えなかった。しかし——。
コツ、コツという靴音が聞こえた。大人のものにしては小さな音だ。
「——誰かいるの？」
と、悠里は呼んでみた。
じっと目をこらすと……。小さな人影がうっすらと浮かび上った。
子供だ。それもまだ小さな……。
置いて行かれてしまったのだろうか？
「ね、一人なの？」
と、悠里は言った。「お母さんは？」
その子供はゆっくりと近付いて来た。
四歳か五歳ぐらいの女の子。フリルの付いた可愛いワンピースを着ている。
「どうしたの？　他の人は？」
と、悠里は訊いた。

すると、その女の子はじっと悠里を見つめて、

「ママ……」

と言った……。

3　母と子と

夕方、辺りが暗くなってくるころ、藍のバスは仕事を終えて、〈すずめバス〉の本社兼営業所へ戻って来た。

「お帰り」

と、今日は別ルートだった、ドライバーの君原が出て来て、「君に客が来てる」

「私に？」

「若い彼氏だ」

「人をからかうの、やめて下さい」

と、藍は苦笑した。

営業所の中へ入ると、木のベンチに座っていた若者が立ち上った。

「町田藍さんですか」

「ええ、そうですけど……」

どこかで見たことのある顔だ、と思った。

「突然すみません。僕、高木明文といいます」

「ああ！　高木専務の……」

いかにも大学生という、爽やかな感じの若者である。

「父の通夜においで下さって、ありがとうございました」

と言われて、藍はびっくりした。

「よくご存知ですね」

「町田さんのことは、よく父から聞いてました」

と、高木明文は言った。

「まあ、本当に？」

「『町田君をリストラしたのは間違いだった』って、何度も言ってました」

「それはどうも。あの……」

「仕事、終らせて下さい。僕、待ってますから」

「そうですか？　じゃ、ここ出て右に少し行くと、〈R〉って喫茶店があります。そこで待ってて下さる？」

「分りました」

――バスに付いた泥や汚れは、すぐ洗い落としておかないと、こびり付いて落ちなくなる。

　藍は二十分ほどで終らせて着替えると、営業所を出た。

〈R〉の奥の席で、高木明文は文庫本を読んでいた。

「――お待たせして」

「いいえ。僕の方こそ、いきなりで、すみません」

　藍はコーヒーを頼んで、

「色々大変でしたね」

と言った。「高木さんとは、そんなにお話ししたことありませんけど、いい方でした」

「通夜に来て下さったのは、三崎悠里さんと一緒だったからですね」

「よくお分りですね」

「三崎さんの顔も知ってましたから。――父のせいで、会社も辞めて……。気の毒です」

「明文さん」

と、藍は言った。「こんなことお伺いするべきじゃないかもしれませんけど、お父様はなぜ……」

「よく分らないんです」

と、明文は首を振って、「ただ、母が係ってるのは確かです」

「お母様が？」

「母に訊いても、答えてくれませんけど、母は知っています。父との間に何かあったんです」

そう言って、明文は、「実は、町田さんにお願いがあって」

「私に？　何でしょう？」

「三崎さんのことです」

「三崎さんが何か……」

「三崎さんが、四国の方のバス会社に行ったことはご存知でしょう？」

「聞いています」

「その会社から、林恵子さんに問い合せがあったそうなんです。三崎さんと連絡が取れないって」

「まあ」

「会社の人が三崎さんのアパートへ行ってみたら、ずっと帰ってないって。たぶん、あの通夜の後、帰ってないようなんです」

「そんなことが……」

「同僚の人が、林さんの名前を聞いて憶えていたので、連絡して来たんですけど。――町田さんも、分りませんか」

「あの後、三崎さんからは何も……。こちらからも連絡していません」

「そうですか。──それで、昨日のことなんですけど、林さんが……」

と、明文が言いかけてためらった。

「──どうしたんですか？」

「確かなことじゃないんですけど、林さんが三崎さんを見たって言うんですよ」

「どこで？」

「下町の方です。──メモして来ました」

アパートの名前と住所が書かれている。

「ここにいるんですか？」

「林さんは、『よく似てた』と言ってて。絶対に三崎さんだとは……。それで、町田さんに、確かめていただけないかと思って」

「私がですか？」

とは言ったものの、「──訪ねてみるくらいはしますけど」

「お願いします」

しかし、なぜ明文が三崎悠里のことを、そんなに心配するのだろう？

「それから──」

と、明文が続けた。「その女の人、小さな女の子を連れていたそうなんです」

「女の子？　でも三崎さんに子供は――」

「ええ。いないと思います。ですから別人かもしれないんですが……」

何かある。――藍はともかく係らないわけにいかないと思った。

日の暮れるのが早くなる季節だった。

町田藍は、そろそろ暗くなりかけた道を辿って、メモの住所を捜していた。

林恵子が、三崎悠里らしい女性を見かけたという住所である。

二階建のアパートが何棟も並んでいる中、藍はそのメモのアパートを見付けた。

「〈光風荘〉ね。ここだわ……」

藍は、どの部屋か分らないので、入口近くの郵便受を眺めた。

しかし、必ずしも名前が入っているわけではなく、ともかく〈三崎〉の名はなかった。

どうしよう……。

迷っていると、一階の奥の方のドアが開いて、

「はい、ちゃんと鞄、持った？」

という声がした。

あの声は、三崎悠里らしい。

藍はいったんアパートの外に出て、三崎悠里が出て来るのを待った。

やがて、確かに三崎悠里がアパートから出て来た。四、五歳くらいの女の子の手を引

いている。

あれは誰なのだろう？

声をかけるのもはばかられて、藍はいつの間にか、その二人を尾行することになった。

――しかし、悠里の様子が、どこか変っていた。

「何かあったのかしら」

と、藍は呟いた。

悠里はスーツ姿で、ＯＬ風ではあるが、こんな夕方からどこへ行くのだろう。女の子は可愛いワンピースを着ていた。

悠里が立ち寄ったのは、マンションの一階部分に開設されている保育所だった。

「――よろしくお願いします」

と言って、悠里が女の子を預けているのが見えた。

そして、悠里は一人、足早に歩き出した。

藍は、どこか悠里の雰囲気が変っているのが気になって、後を尾けてみることにした。

悠里が足を止めた。ケータイに電話がかかって来たようだ。

「――はい。――ええ、もう今そちらに。――分りました。じゃ、直接向います」

タクシーを停めると、悠里が乗り込みながら、

「ホテルＭへ」

と言うのが藍に聞こえた。

都心の一流ホテルだ。——藍もタクシーを待って、ホテルMへ向うことにした。

しかし、ホテルに着いたものの、悠里がどこへ行ったのか分らない。

仕方なく、ロビーの見渡せるラウンジに入って、様子を見ることにする。

まさか、とは思ったが……。

一時間ほど待って、諦めようと思ったとき、エレベーターの扉が開いて、悠里が降りて来るのが見えた。

何があったのか、ひどく落ちつかない様子で、ロビーを見渡した。そして、半ば駆けるような足取りで、ホテルを出て行った。

藍は一瞬迷ったが、それより悠里がどこで何をしていたのか、不安でならなかった。

ラウンジを出て、ロビーを玄関へ向おうとしたとき、何かが起った。

フロントで、ホテルの男性たちがあわてている。エレベーターへと駆けて行く男もいた。

何があったんだろう?

藍は目立たないように、ロビーの隅の方へ行って様子を見ていた。すると、数分して、玄関前にパトカーが停った。

警官が急ぎ足で入って来ると、フロントの男性が駆け寄って、エレベーターへと案内している。

そして、パトカーに続いて救急車もやって来た。担架を持った救急隊員がエレベーターへ。むろん、フロントの他の男性がついている。

ロビーを行き来する客も、何か異変があるのを感じているようだった。

十分ほどすると、救急隊員が担架で誰かを運んで来た。ロビーを急いで横切って、表で待つ救急車へと運び込む。

――藍は、重苦しい気持でホテルMを出た。

何があったのか、詳しいことは分らなかったが、あの担架に乗せられていたのが髪の白くなった男性で、体を覆った布に、血がにじんでいるのを、しっかり見ていたのである。

4 記憶

穏やかな日射しだった。

女の子は、小さな池のある公園で、小鳥を追いかけていた。

ベンチに座って、その姿を眺めているのは三崎悠里だった。

「――三崎さん」

藍が声をかけると、悠里は一瞬キョトンとしていたが、

「まあ……。町田さん」

と、幻でも見ているのかという様子で、「どうしてここに……」

「お話があって」

藍は、悠里の隣に腰をおろすと、「――一昨日(おととい)の夜、三崎さんを見かけました」

と言った。

「一昨日の夜？」

「ホテルMで」

――悠里は、しばらく何も言わなかった。

そして目は遊んでいる女の子の方へと向いた。

「――あの子は？」

と、藍が訊いた。

「可愛いでしょ？　夕美(ゆみ)っていうの」

と、悠里は言った。

「でも三崎さんの……」

「高木さんの子なのよ」

「高木さんの？」

「ええ。――あのお通夜のときにね、出会ったの」

藍は、どう言っていいか分らなかった。

「――三崎さん。あのホテルで、何があったんですか？」

「よく憶えていないわ」

と、悠里は淡々とした口調で、「私、呼ばれて行ったの。ホテルMのあの部屋で、男の人が待っているって言われて」

「それって……」

「もちろんよ」

と、悠里は肯いて、「私、体を売ってるの」

「三崎さん……」

「仕方ないのよ。あのバス会社のお給料じゃ、夕美を育てられない」

「でも……」

「ためらいはあったわ。初めの内はね」

「つまり……もう何度も？」

「だって、仕事ですもの。もちろん、胸を張って言える仕事じゃないけど、お金になる。――私って、どうやら『いい女』らしいのよ。知らなかったけど」

と、微笑む。

「じゃ、一昨日もそのために……」

「ええ。部屋へ行って、男の人と話をして。初めにお金をもらうの。そうしないと、払わないと言い出す人がいるから」

「それで……」

「とてもお金持らしかったわ。札入れにお札が分厚く詰ってた。——決った料金の倍も払ってくれたの」

「そして何があったんですか？」

「——よく分らないの」

と、悠里は首をかしげて、「ともかく乾杯しようって言われて、シャンパンをグラスに注いで……。乾杯したわ。それから……何だか頭がボーッとした。酔ったわけじゃないわ。あれぐらいでは酔わないもの」

「じゃ、何か薬が入ってたんじゃないですか？」

「そうかもしれない。——その先はよく憶えてないの。私……あの男の人と争ったような気がする」

「傷つけました？」

「さあ……。どうだったかしら」

藍はため息をついて、

「三崎さん、あのとき、山野宏三(やまのこうぞう)って人がホテルの部屋で刺されたんです。自分でフロントに助けを求めて、救急車で運ばれて行きました」

「死んだの?」

「いえ、急所は外れていて、でも重傷だそうです。TVのニュースで見ませんでした?」

「気が付かなかったわ」

悠里は、他人事のように言った。

「警察は捜していますよ」

「あなた、通報するつもり?」

「いえ、そうはしません」

「ありがとう」

「でも——ご自分で出頭なさったら。事情を話して」

「そうしたら、夕美のことは誰が面倒をみるの?」

「それは……」

「私はあの子を守って育てなくちゃ。そして、決して貧しい生活はさせない。——そうよ。高木さんのためにも、夕美は不自由なく育てなくちゃ」

悠里は、自分のしていることに、いささかも疑いを持っていない様子だった……。

「それって、どういうこと?」

林恵子が目を丸くしている。「高木さんの子って……」

「分らないわ」

と、藍は首を振った。「ともかく、三崎さんはそう信じてるみたい」

「妙な話ね」

二人は、〈はと〉の営業所に近いコーヒーショップで会っていた。

「ね、林さん。高木さんの息子さんが、どうして三崎さんのことを気にかけているの?」

「それは……」

と、恵子はためらって、「ちょっと事情があるのよ」

「どういうこと? だって、もし高木さんの奥さんが知ったら、怒るでしょ」

「それはそうね」

「私、心配なの」

と、藍は言った。「三崎さんは、そういう仕事を、何かの組織に入って受けてるわけでしょ。でも、あんな事件を起したら、組織にしてみれば困った存在になるわ」

「そうか……。でも、私たちにはどうしようも……」

「林さん。話して。あなた、何か知ってるんでしょ？」

藍の問いかけに、恵子は困ったように目を伏せた……。


ケータイが鳴った。


「はい」

と、三崎悠里は出ると、「今、そちらへ向っているところです」

「出勤しなくていいわ」

と、女性の声が言った。「今から、Pホテルへ行ってちょうだい」

「分りました。部屋は？」

「ロビーで待っているそうだから」

「はい、承知しました」

「あなた、本当によく稼いでくれるわ。頑張ってね」

「ありがとうございます」

悠里はケータイをバッグにしまうと、夜の町を見渡した。

タクシーを停めると、Pホテルへ向う。

Pホテルは都心でなく、海沿いの崖の上に建つ、リゾート風のホテルだ。

タクシー代は少しかかるが、客から受け取る料金にタクシー代をプラスできる決りになっている。

悠里は少し時間がかかるので、座席で寛いだ。

いつの間にか、ウトウトしていた。

車がブレーキをかけて、目が覚める。

「もうPホテル？」

と訊くと――。

ドライバーは外へ出て行ってしまった。

そして、車の周囲は、ひどく暗い。

「ここ、Pホテルじゃないわね……」

と呟きつつ、悠里はタクシーから降りた。

他の車のライトが点いて、悠里を照らした。

「――どなたですか？」

と、悠里が声をかける。

「ここは山の中だ」

と、男の声がした。「分ってるのか、自分のしたことが」

「あのお客がけがしたことですか？　私、薬をのまされたんです。何も憶えていません。本当です。お客が悪いんです」

淡々とした悠里の口調に、

「呑気な奴だ」

と、男は苦笑しているようだった。「たとえ客が悪くても、あんな事件を起してくれちゃ、こっちが迷惑するんだ」

「でも、私のせいでは――」

「それはどうでもいいんだ。お前のことを、警察は捜してる。お前が捕まると、組織にまで手が伸びてくる」

「それはどうも。それじゃ、今夜の仕事は？」

「でたらめさ。お前にはここで死んでもらうことになってる」

「私を殺す？」

「まあ諦めな。楽に殺してやる。心配するな」

男の姿がシルエットになって見えた。

「困ります。私、子供を育てないといけないんです。ここで死ぬわけにいかないんです」

「そいつは気の毒だな。しかし、放っちゃおけないんだ」

そのとき――霧が出て来た。

白い霧が、びっくりするような勢いで、流れて来たのだ。

車のライトが白くにじんで、じき、ほとんど見えなくなってくる。

「どうなってるんだ！」

男が苛立つ。「どこにいるか見えない」

「だから、言ったでしょう？　やめておいた方が……」

「畜生！　何も見えねえ！　どこにいるんだ？」

「私はここです」

突然、悠里の声が男の耳元で聞こえた。男はびっくりして、

「何だ、こいつ！」

と、手にしたナイフを振り回した。

しかし、すぐに、

「私はここにいますよ」

と、反対側で悠里の声がする。

「何だ！　どうなってる！」

男は一寸先も見えない状況の中、無茶苦茶にナイフを振り回した。

ナイフに手応えがあった。

「こいつ！　いやがったな！」

男が突き刺すと、

「やめてくれ！　助けてくれ！」

と、男の声がした。

「どうしたって？」

一瞬の内に、霧が消えた。

そして、目の前でのたうち回っているのは、タクシーのドライバーだった。

男は手にしたナイフを放り出すと、

「こんなことが……。どうなってるんだ！」

と、上ずった声を上げた。

そのとき、男の背中を力一杯押す手があった……。

5　赦し

夜、静かな住宅地の片隅に、そのバスは停っていた。

高木邦子は足早にそのバスへと歩いて行った。バスガイドの制服で立っていたのは——。

「高木さんの奥様でいらっしゃいますね。私、〈すずめバス〉の町田藍と申します。以前ご主人の下で……」

「聞いてます。あなたのことは」

と、邦子ははねつけるような口調で、「何ですか、こんな時間に人を呼び出して」

「〈すずめバス〉のツアーにご参加いただきたくて」

「何ですって？　私がどうしてこんな三流どころのバス会社のツアーに――」

と言いかけて、「明文！」

と、目をみはった。

息子の明文がバスの中から顔を出したのである。

「お母さん、乗りなよ。このバスでお父さんに会いに行くんだ」

「何を言ってるの？」

邦子はわけが分らないまま、ともかく明文に促されて、渋々バスに乗り込んだ。

バスには、七、八人の客が乗っていた。

「君原さん、やって」

と、藍が声をかけると、バスは夜道を走り出した。

「今日は、特別に、私の先輩に当る、ベテランのガイドさんにお任せしたいと思います」

と、藍が言うと、客席の一つから立ち上ったのは――やはりバスガイドの制服を身につけた三崎悠里だった。

「まあ……。あなた……」

邦子が言葉を失ったように、悠里を見ている。

「本日は〈すずめバス〉のツアーにおいでいただき、ありがとうございます」

と、悠里は慣れた口調で言った。

「ふざけるのはやめて！」

と、邦子は憤然（ふんぜん）として、「何の冗談なの？　私や明文をこんな所に――」

「お母さん」

と、明文が言った。「お父さんが死んだ所に行こうよ」

「明文……。あなた、どうしたっていうの？」

「僕も知りたいんだ。どうしてお父さんがあんな所で死んだのか」

「今さら、何なの？　もうあの人は帰って来ないのよ」

「でも、思い出すことはできますわ、奥様」

と、悠里が言った。「明文さんが教えて下さいました」

バスは十五分ほど走って、高台の道の途中で停った。

「奥様。ご主人が亡くなったのは、ここなんですね」

悠里に問われて、邦子は渋々、

「そうよ。――そこの崖から誤って転落したの」

「ではバスを降りましょう。皆様もどうぞ」

他の客たちが降りて行くので、邦子も降りるしかなかった。

客たちの中に、常連の遠藤真由美が入っていたのは言うまでもない。

道がゆるくカーブしている。そこに公園があった。柵があり、その向うから電車の音が聞こえた。

「――わあ、高いのね」

真由美が柵の向うを覗いた。

真直ぐ三十メートルほど落ち込んで、下には私鉄の電車が走っていた。

「ここから飛び下りたんですね」

と、悠里が言った。

「誤って落ちたんです！」

と、邦子が言い返して、「ここへ来て、どうしようというの？」

「お母さん」

と、明文が言った。「どうして、ここでお父さんが死んだことを隠してたの？　僕は警察に問い合せて、やっと分ったんだ」

「そんなこと……。知ってどうなるっていうの？」

と、邦子が言った。「あなたのお父さんは、弱い人だったの。だから死んだのよ」

そのとき、

「何ごとですか？」

と、女の声がした。

公園の前に、若い女が立っていた。

邦子がその女を見てハッとした。

「あなた……」

「まあ。――高木さんの奥様ですね」

と、女は公園へ入って来た。

「あなたは……」

と、藍が言った。

「山内美樹と申します。以前、〈はと〉のガイドでした」

「山内さん。――憶えているわ」

と、悠里が言った。「私が教えた新人だった……」

「三崎さん！　――申し訳ありません」

と、山内美樹は頭を下げた。「知っていたのに……。三崎さんのことを、高木さんはずっと愛してらした」

「山内さん、あなた……」

「一年ほど前から、この近くの私のアパートに、高木さんがときどき……」

「そうだったの」

と、邦子は言った。「あの人は——何度も私を裏切って……」

「違うよ」

と、明文は首を振って、「お父さんは、救いを求めてたんだ」

「やめなさい！　子供に何が分るの！」

「息子さんのおっしゃる通りです」

と、山内美樹は言った。「奥様は、高木さんのことを、決して許そうとなさらなかった……」

「何も知らないくせに！」

と、邦子が言ったとき、周囲に白い霧が立ちこめた。

「藍さん……」

と、真由美が藍の手をつかむ。

「大丈夫。人に害を加えるものじゃないわ」

「何なの、これは？」

と、邦子が不安げに霧に包まれた周囲を見回した。

すると――霧の中に、まるで映像を映し出すように、背広姿の男が現われた。

「お父さん……」

だが、その映像は「過去」のものだった。

「あなた！」

映像の中、高木の前を遮ったのは、邦子だった。

「邦子。どうしてここにいるんだ」

と、高木が言った。

「あの女の所に行ったのね！」

「邦子……。山内君とは、もう何でもない。終ったんだ」

「だったら、どうして彼女のアパートへ行くの！」

「話をするだけだ。本当だよ。彼女をクビにした。それで充分だろう」

「許すもんですか！　あの女が今勤めてる会社も、父に言って辞めさせてやる！」

「やめてくれ！　山内君はご両親に仕送りしてる。そんなひどいことを――」

「何がひどいことよ！　私を裏切って、よくそんなことが言えるわね！」

邦子がなじると、高木の手から鞄が落ちた。

「邦子……。どうしたら許してくれるんだ。僕は……三崎君も山内君も、不幸にしてしまった……」

「あなたは私のものよ！」

「そうか。――もう、逃げられないようになればいいんだな」

「何のこと？」

「僕はもう誰も不幸にしたくない」

高木が、公園の中へ駆け込むと、柵に向って――。

「やめて！」

邦子が叫んだ。

霧が一瞬で消えた。

「――あの人は弱い人だったのよ」

と、邦子は震える声で言った。

「あの子は？」

と、明文が言った。

公園の前に、女の子が立っていた。

「ご紹介します」

と、悠里が言った。「夕美です。私と高木さんの子です」

「そんな馬鹿な！」

と、邦子が愕然として言った。

「ええ、私が身ごもったとき、高木さんは奥様と別れようとしました。でも、高木さんのご両親を借金で縛っていた奥様は許さなかった」

「何言ってるの！　潰れかけた店を、助けてあげたのよ」

「ええ、高木さんもそれは感謝しておいででした。でも、それがこの子の生命を奪う理由になるでしょうか」

「三崎さん。その夕美ちゃんは……」

と、藍は言った。「生れて来なかったんですね」

悠里はゆっくりと肯いて、

「私が……産むのを諦めた子です。でも、高木さんのお通夜のとき、やって来てくれたんです」

そう言うと、悠里は夕美を抱き上げた。「町田さん、ありがとう。あなたが、この子を呼び出してくれた」

「そのために、私を行かせたんですね」

「私には分っていたの。この子が私を呼びに来ると……」

再び霧が立ちこめて、二人を包んだ。

そして、霧が晴れたとき、もう悠里と夕美の姿はなかった。

「藍さん……。今の人たち……」

「三崎さんはもう亡くなっていたの」

と、藍は言った。「実は、明文さんは、林さんから、そのことを聞いていて、お通夜に三崎さんを見たので、私の所へ……」

「でも、幸せそうでしたね」

と、明文が言った。「良かった……」

「羨しいわ」

と、山内美樹が言った。「私にも、あんな子がいれば……」

邦子は硬い表情のまま、

「何もかも幻よ。――明文、帰るわよ」

と言った。

「僕、もう少しここにいるよ」

と、明文が言った。

「好きにしなさい」

邦子は、胸を張って、足早に立ち去って行った。

「大丈夫ですよ」

と、明文が山内美樹に言った。「僕が母を説得します」

「ありがとう……」

と、美樹は言った。「奥様も――きっと泣いてらっしゃるんですね、心の中では」

「弱い人だから、強がって見せてしまうんでしょうね。誰でもそうですよ」

と、藍は言った。

「いい霧を見たな、今夜は!」

と、真由美が息をついて、「やっぱり藍さんは幽霊に好かれてるんだね!」

円筒の向う側

1　自由行動

今日は楽勝！

珍しいことだが、〈すずめバス〉のバスガイド、町田藍（まちだあい）は少し早めに出勤するのも、全く苦にならなかった。

まず、秋晴れの空。つい昨日まで「秋雨前線」というやつのせいで、ずっと雨が降っていたのだ。

それが今日は嘘のように晴れ上って、爽やかそのもの！

これで紅葉の美しい山の中をバスで駆け抜けるのだから、バスガイドとしては、何も言わなくていい。

「どうぞ、表の景色をお楽しみ下さい」

で済むというものだ。

ただし今日の客は高校生。紅葉に見とれて、一句ひねろうか、という風流な生徒たちだといいのだけれど。

まあ、バスガイドがしゃべらなくても、高校生なら自分たちで好きなように盛り上ることだろうが。

そして、目的地は山を抜けた所にある大きなアミューズメントパーク。要するに遊園地である。

「向うに着いたら、自由行動にしますから」

と、教師から言われている。

自由行動！

何かよほどとんでもないことでも起きない限り、バスガイドもドライバーも、することがない。

「狙い的中！」

と、町田藍は、悠々と〈すずめバス〉の営業所へと入って行った。

「おはようございます！」

と、藍は元気よく声を上げた。

「おはよう……」

と、藍の何分の一かという弱々しい声で言ったのは、〈すずめバス〉の一番古いガイドの山名良子（やまなりようこ）。――といっても、バスガイドはあと一人、常田（つねだ）エミで全員。

「どうしたんですか、山名さん？」

と、藍が訊く。「どこか具合でも……」

「ミチルちゃんがね、死んじゃったの」

と、山名良子はため息と共に言った。

「それ……どなたですか？」

山名良子は独身のはずだ。

「ミチルちゃんを知らないの？」

と、責めるように言われて、

「すみません」

と謝った。

「ミチルちゃんは、そりゃあ可愛いインコだったのよ」

「あ……鳥ですか」

「今は天使になったのよ！　きっとその辺を飛んでいるわ……」

鳥なら、天使にならなくても飛ぶだろう、と藍は思った。

「山名さんは何時出発ですか？」

と、藍は訊いた。

「十時集合なの」

「じゃ、まだ早いですね」

「でも……部屋にいると、ミチルちゃんの声が聞こえるような気がして、たまらないの……」

と、ハンカチで目を拭う。

「仕事すれば、きっと気が紛れますよ」

と、励ますつもりで言ったのだが、

「そりゃあ、あなたはいいわよね」

と、良子はちょっと傷ついたように、「あなたには大事なお化けのお友達が大勢いるものね」

「別にお友達ってわけじゃ……」

「私なんか、今日は七十代、八十代のお年寄ばっかりよ。〈庭園を味わう〉なんて、結局こっちはお年寄の面倒みるのよ。途中だろうが何だろうが、おかまいなしにトイレって言い出すし、転ぶ人だっているだろうし、あそこにメガネを忘れた、こっちに入れ歯を忘れた……。一日中振り回されるんだわ……」

聞いている内に、藍にも良子の言いたいことが分って来た。

要するに、「楽ができる」藍の方のバスに乗りたいのだ。しかし、藍だって、今日の仕事は自分が足で回って、ある高校で見付けて来た仕事だ。そう簡単に譲ってたまるか！

「ああ……腰が痛い」

と、良子は眉を寄せて、「もう年齢だわ。——私もきっと、もうじきミチルちゃんのいる所へ行くんだわ……。ああ、目がかすんで、胸が苦しい……」

いくらベテランと言っても、まだやっと四十くらいなのに！

藍はため息をついて、

「分りました」

と言った。「じゃ、バス、交換しましょ」

「あら、そんな……。私、そんな意味で言ったんじゃないのよ」

とは白々しい。

「いいです。私、お年寄の世話するの、好きですから」

「そう？　あなたがどうしても、って言うなら……」

言うわけないだろ！

「——だけど、町田さんのツアーだと、幽霊が出るんじゃない？」

と、良子が言った。

「出ませんよ。今日は高校の演劇部の子と顧問の先生だけで、行先は〈Fランド〉。向うでは自由行動なんですから。間違っても幽霊は……」

「じゃあ、私にもつとまりそうね。分ったわ。何時の集合？」

「午前九時ですから、もう仕度した方が……」

「そうするわ！」

腰が痛いの、目がかすむの、はどこへやら。山名良子はとっとと奥へ入って行く。

「ちょっと、山名さん！」

と、藍はあわてて、「そっちのツアーのリスト、下さいよ！」


「結構くたびれるわね……」

自分で強引に代っておいて、山名良子は汗を拭った。

〈Fランド〉は週末ということもあって、かなりの人出だった。

確かに、〈Fランド〉では、「自由行動」ということになっていたが、

「初めに、メインの乗物に」

と、付いて来た女性の教師、片桐紗代（かたぎりさよ）が言った。「ガイドさん、案内して下さいな」

「かしこまりました」

と、良子は言った。

——K女子高校演劇部。

当然、女の子ばかり十五人のツアーである。

「爽やかですね」

と、顧問の片桐紗代は〈Ｆランド〉の中を歩きながら言った。

「本当に。絶好の日和ですね」

と、良子は言った。

女の子たちは、各々、思い思いの私服で、にぎやかにおしゃべりしながらついて来る。もう高校生だ。迷子になることもないだろうし、良子は気楽だった。

「今日は何の企画ですか？」

と、良子は訊いた。

「つい先日、〈高校演劇祭〉があって」

と、片桐紗代が言った。「私たちの高校が銀賞をとったんです」

「それはおめでとうございます」

「で、そのごほうびというわけで」

――片桐紗代も、端正な面立ちで、女優かと思える印象だった。

「メインは、やっぱり〈スペーストンネル〉ですね」

と、良子は〈Ｆランド〉の案内図を見ながら、「たぶん、もう行列ができてるでしょうけど、今の内に乗っておかないと、どんどん行列が長くなります」

一応、山名良子もベテランのガイドである。藍と代ってもらってから、急いで〈Ｆランド〉のことを調べていた。

「乗ろう！　並んでもいい！」

と、女の子たちの中から声が上った。

「じゃ、そうしましょう」

と、片桐紗代が言った。「でも、怖くないかしら。私、ジェットコースターとか、苦手で」

「スリルがあるから楽しいんですよ！」

と、生徒がからかう。

「先生、一番前に乗せよう！」

「そうだ！」

と、大はしゃぎ。

「ちょっと！　先生をいじめないでよ」

――〈スペーストンネル〉は、最近作られたアトラクションで、宇宙空間に見立てた、長いトンネルの中を、猛スピードで走り抜ける。

もちろん、最後は外へ出て、宙返りや左右のひねりがあるらしい。

「ガイドさんも一緒に乗って下さいな」

と、片桐紗代が言った。

「かしこまりました」

良子も、次に〈Fランド〉に来るときのために、経験しておこうと思った。

〈スペーストンネル〉には、やはり行列ができていたが、それほど長くなかった。

「三十分待ちと出てますね」

と、良子は言った。

四人乗りの車両が五台連結されている。

動き出すと、すぐに深いトンネルの中へと消える。女の子のキャーキャー騒ぐ声が響いていた。

制服を着た係の若い男が、並んでいる客に、

「何名様ですか？」

と訊いている。

そして、良子たちの所へ来ると、

「人数は……」

「ええと、私を入れて十七人です」

と、良子は言った。

「じゃ、一台四人なので、このグループだけで使って下さい」

「やっぱり先生が先頭だ！」

と、生徒たちが拍手した。

しかし——片桐紗代は、制服姿の若い男をじっと見ていた。いくらか青ざめている。

「全員、パスポート、お持ちですね。——じゃ、少しお待ち下さい。たぶん、二十分くらいで……」

その若者と片桐紗代の目が合った。

紗代は急いで目をそらすと、

「私、ちょっとトイレに……」

「そこを右に行くと、トイレです」

と、係の若者が言った。

「ありがとう。すぐ戻るわ」

紗代は足早に行列を離れた。

——その紗代をじっと見送っている生徒がいた。

前沢愛(まえざわあい)。十七歳の二年生だ。

「ね、愛、どの辺に乗る?」

と、同じ二年生の子に訊かれると、

「私、どこでもいい」

と、愛は答えた。「ジェットコースターとか、全然平気だもの」

前沢愛は、このK女子高校の演劇部で、ひときわ目立った存在だった。

色白で、整った顔立ち。それでいて、「お高くとまった」ところがなく、人気があった。

そして、何より演技力は高校生とは思えない、本物だった。

銀賞をとったお芝居でも、事実上の主役は前沢愛だったのだ。

当然、片桐紗代にも期待されていた。

しかし……。

「私も、トイレ、行ってくる」

と、愛は小走りに駆け出した。

2　闇の中へ

「どうしたのかしら」

と、山名良子は呟いた。

〈スペーストンネル〉の順番が、もう次に迫っているのに、片桐紗代と、生徒の一人がトイレから戻って来ないのである。

前のグループの車両がスタートした。

「ちょっとトイレを見て来るわね」

と、良子が言ったとき、

「戻って来た！」

と、一人が言った。

片桐紗代が生徒と一緒に戻って来るのが見えて、良子はホッとした。

「先生、大丈夫ですか？」

と、良子は言った。

紗代が少し青ざめて見えたからだ。

「ええ、何とも。——すみません、ご心配かけて」

と、紗代は微笑んで、「まあ、もう次なのね」

係の若者が、

「どうぞ、中へ入って下さい」

と、扉を開ける。

「楽しみだ！」

「私、ずっと目つぶってよ」

と、色々聞こえてくる。

空の車両がやって来て、停(とま)った。

「さあ、好きな所に乗って」

と、良子が言うと、

「先生、先頭！」

と、生徒たちが紗代を前の方へ押しやった。

「分ったわよ」

と、紗代が苦笑しながら、一番前の車両の前列に乗った。

「ガイドさん、隣に」

と言われて、

「かしこまりました」

と、良子は紗代と並んで席についた。

シートベルトならぬ、太いバーが下りて来て体を押える。

「はい、ちゃんとバーが下りてますか！」

と、係の若者が声をかける。「では、スタートします！」

ゆっくりと車両が動き出した。――良子は大きく息を吸い込んだ。

もちろん、こんなアトラクションに、本当に危いものなんかないんだわ。

わざと怖がらせるように工夫はしてあるにしても……。

トンネルへと入って行った。

明るい所から入ると、何も見えない……。

いきなり、加速した。

「キャーッ！」

女の子たちが悲鳴を上げる。——もちろん、半分面白がってのことだ。

暗いトンネルの中なので、先がどうなっているか分らない。車両は急に降下したり、上ったりを猛スピードでくり返した。

トンネルの壁には、星や星雲の映像が映し出されて、確かに宇宙船から宇宙空間を見ている気分になった。

しかし……。

おかしい、と思ったのは誰が初めだったのか。

「——ねえ、これって長過ぎない？」

と、生徒の一人が言った。

「本当ね」

と、片桐紗代が言った。「こんなにかかるなんて……」

車両がいつまでもトンネルの中を走り続けていたのである。

しかも、初めのころのような猛スピードでなく、普通の電車ぐらいの感じで、周囲も星の映像などはいつの間にか消えて、真暗になっていた。

「下ってる」

と言ったのが誰だったか。

車両は、緩やかな下りをずっと辿ってていた。——いつまで続くの？

良子はゾッとした。

これって、どこかおかしい！

一体どこへ向ってるの？

しかし、トンネルの中はただひたすら暗く、誰にも連絡のしようがなかった……。


「お疲れさまでした。——どうも、ご苦労さまでした」

町田藍は、バスに戻って来た客の一人一人に手を添えて、乗せながら、声をかけていた。

「もういいわ！　くたびれちゃった、私！」

と、八十をかなり過ぎていると思える女性が、息をついて、「私、もう帰るわ」

そういうことになるのだ……。

藍はため息をついた。

何しろ、出発したバスは、予定のコースの中の、初めの一か所しか訪れていなかったのである。

「あんなに坂があるのなら、言っといてくれなきゃ」

と、苦情を言う人も。「私、ついこの間買った靴をだめにしちゃったわ」

「申し訳ありません」

実は、コース案内のプリントには、ちゃんと、〈ここは坂があります〉と書かれていたのだ。しかし、もちろんそんなことは言えない。

「あの――」

と、藍はバスに乗ろうとする客へ、「もうお一人、いらっしゃいますよね?」

「ああ、あのじいさん、トイレに行くって言ってたよ」

自分だってじいさんなのだが。

「飛田さん、ちょっとトイレを覗いて来るから、お願い」

ドライバーに声をかけ、藍はトイレへと急いだ。

男性の方だから、ノコノコ入っても行けず、

「お客様!」

と呼びかけた。「〈すずめバス〉の者です。――いらっしゃいますか?」

返事がない。

こうなったら仕方ない!

藍は、

「失礼します!」

と言って中へ入って行ったが……。

誰もいない！

藍は、あわてて表に出ると、庭園の中を見回した。

他の客も、もちろんいるのだが……。

「恐れ入ります」

と、中年の夫婦に声をかけ、「お年寄が一人でいるの、見ませんでしたか？」

「ああ、水色のジャケットの男の方ね」

と、女性が言った。

「そうです！」

「中のベンチで居眠りしてたわよ。ねえ、あなた？」

「ああ、鼻からちょうちん出してたな」

「庭のどの辺に——」

「奥の池のほとり」

「ありがとうございます！」

必死の思いで、その年寄を起してバスへ連れて来ると、ハアハアと喘ぎながら、

「バス、出して」

と、飛田へ言った……。

そのとき、ケータイが鳴った。

え？　これって……。

この着信のメロディは、〈すずめバス〉の〈幽霊ツアー〉の常連、遠藤真由美からだ。

バスが走り出したので、ケータイを取り出し、

「もしもし？　真由美ちゃん？」

「藍さん！　良かった、出てくれて！」

と、切羽詰った声。

「どうしたの？」

「〈Fランド〉で、大変なことが起ってる！」

「〈Fランド〉？」

「今、〈すずめバス〉が行ってるんでしょ？」

「どうして知ってるの？」

「お願い！〈Fランド〉に駆けつけて！　私の友達からSOSのメールが来たの」

「でも、私は今、他のツアーに……」

「藍さんでなきゃだめなの！　ドライバーの君原さんに連絡してみて！」

「分ったわ」

「私も今、〈Fランド〉に向ってるから！　向うでね！」

と、真由美は切ってしまう。

そんなこと言われても……。このツアーを放り出す？

だが、そのとき、ケータイに、〈Fランド〉へ行ったドライバー、君原からかかって来たのである。

3　迷子たち

「消えた？」

と、藍は啞然として言った。

「そう。五台つながった車両が丸ごと、トンネルへ入ったきり、出て来ないの」

と、真由美は言った。「ね、これって藍さんの専門でしょ？」

「専門って言われても……」

藍としても大変だったのだ。何しろ自分が乗ったバスのツアーを放り出すわけにいかない。

しかし、君原からも、

「今、〈Fランド〉が大騒ぎで」

と、連絡が入って、やはり自分が何とかしなければ、と決心した。

もともと、本当なら藍がこの〈Fランド〉に来ていたのだ。

やむを得ず、藍はツアーの客たちに、

「緊急事態ですので」

と、詫びた上で、「ホテルMの和食ランチを召し上っていただきますので」

庭園一つで、いい加減くたびれていたお年寄たちは、一人も文句を言わずに了承してくれたのである。

女子高生と教師、そしてバスガイド、十七人を乗せた〈スペーストンネル〉の車両がどこへともなく消えてしまった。

〈Fランド〉は、駆けつけて来たTV局や記者で大騒ぎになっていた。

「私の仲のいい子が、あの中にいるの」

と、真由美が言った。「その子が、トンネルの中からメールよこしたの」

「まあ」

見れば、〈助けて！　スペーストンネルの中がおかしい！　どこかへ連れてかれそう！〉とある。

「この子に、すぐかけたけど、もうつながらなかった」

と、真由美は言った。「たぶん、このメール、何かの拍子でうまくつながって、届いたんだよ」

真由美が問い合せると、本当にその子たちのグループが丸ごといなくなってしまって、〈Fランド〉は大変なことになっていた。

そして、真由美は、そのグループが、〈すずめバス〉のツアーで〈Fランド〉に来ていたことを知ると、藍にすぐ電話したがつながらず、ドライバーの君原へ電話して、藍が別のツアーに行っていることを聞いたのだった……。

「――どう思う？」

と、真由美が訊くと、

「ともかく、そのトンネルの所に行ってみましょう」

と、藍は言った。

これはただごとではない、と感じていた。

――真由美が君原と二人で、〈Fランド〉の責任者にかけ合い、

「この事態を解決できるのは、町田藍さんしかいません！」

と強調した。

〈Fランド〉側も、どうしていいか分らない状況で、

「それなら何とでも……」

ということになった。

藍は、〈スペーストンネル〉の乗降口に来ると、

「そのとき、お客様を案内していた人は？」

と、〈Fランド〉の幹部に訊いた。

居合せた何人かの制服の男たちに話を聞くと、

「あのときは倉田が……」

「倉田さん？　今、どこに？」

「さあ、それが……。バイトで来てる大学生です。どこへ行ったんだろ？」

倉田正輝という名だと分った。

「捜して下さい」

と、藍は言った。「トンネルは……」

レールが真直ぐに伸びて、数十メートル先のトンネルへと消えている。

「問題の一行が乗った車両の前までは、大丈夫だったんですね？」

と、藍は訊いた。

「ええ、特に問題なく走ってました」

藍は、乗り場の手前に、空の車両が停っているのを見た。

「あれが次に出る予定だったんですか？」

「そうです。ここを出発すると、トンネルを抜けて、外へ出てから、色々カーブや宙返りをして、ここへ戻って来ます。下り口はあの手前なので……」

「つまり、五台つながったのが二つ、動いてるわけですね」

「そうです」

「トンネルの中の様子は？」

「監視カメラで、ずっと見ています」

「映像はあります？　見せて下さい」

藍と真由美は、この〈スペーストンネル〉をコントロールしている建物へと案内された。

「――このモニターに車両の様子が」

録画された映像を再生してもらう。

「山名さんだわ……。一番前に」

山名良子と、付き添いらしい女性教師が並んで最前列に座っている。にぎやかに声を上げながら、スタートして行く。――やがてトンネルの中になり、スピードが上っている。

監視カメラは次々に切り換って、突っ走る車両を捉えていた。しかし――。

「――消えた」

と、真由美が言った。

突然、監視カメラに何も映らなくなった。

「――これはどの辺ですか？」

と、藍は訊いた。

「トンネルの三分の二ぐらい来た辺りです。あと十秒足らずで表に出るはずだったんですよ。ところが……」

「トンネルに非常用の出入口は？」

「ありますが、入口と出口の辺りで、途中には……」

「藍さん、どう思う？」

と、真由美が訊く。

「分らないわ。――ともかく、トンネルの中へ入ってみるしかなさそうね」

藍は、制服の男たちへ、「中を調べたんでしょうね？」

と訊いたが、誰も答えない。

「行かなかったんですか？　中で何か事故が起ってるかもしれないのに」

みんな目を伏せてしまう。

「あの、停っている車両、動かせますか？」

「ええ、もちろん」

「私が乗ります」

「私も！」

と、真由美が言ったが、

「だめよ。何が起るか分らない」

「藍さんと一緒なら――」

「だめだめ。あなたは待ってて。〈すずめバス〉の貴重なお客様を失うわけにいかないわ」

真由美は口を尖らしたが、それ以上は言わなかった。

藍は、乗り場へ戻った。

「これ、持ってて」

と、バッグを真由美へ渡す。

無人の車両が動いて来て停った。

そのとき、

「倉田君が……」

と、一人が駆けて来た。

「どうしました？」

「いや、〈Fランド〉から出て行こうとしてたんで、引き止めたんです」

「何かあったのね」

と、真由美が言った。

「ここへ連れて来て下さい」

と、藍は言った。

やがて、ガードマンに腕を取られて、ふくれっつらの若者がやって来た。

制服を脱いで、着替えている。

「倉田君というのね」

と、藍は言った。「何があったのか、話してちょうだい」

「俺は知らないよ!」

と、怒鳴るように言って、「――何があったのか、分らないんだ」

と、息をついた。

「どうして逃げようとしたの?」

倉田はちょっとためらって、

「あれに乗ってた奴と知り合いだったんだ。――それで、何か疑われるといやだから……」

と言った。

「あの中の誰と?」

「前沢愛って子……。それと、顧問の先生とも」

倉田の言葉に、藍と真由美は顔を見合せた……。

それはまるで安手なテレビドラマのようだった。

「イケメンの子がバイトしてる！」

という情報で、K女子高校の演劇部の子たち数人が、練習の帰りにその喫茶店に立ち寄った。

「どうせ大げさに言ってるのよ」

というのが、みんなの予想だったのだが、確かに、そこには見とれてしまいそうな男の子が働いていたのである。

倉田正輝という名で、M大生。この喫茶店でバイトを始めて三か月……。

コーヒーを一杯飲み終るまでに、前沢愛たちは、彼について、それだけのデータをつかんでいた。

倉田は、その女の子たちの中で、目立っている一人――むろん、前沢愛に目をとめていた。

二人が付合いだすのに、一週間とかからなかった。

しかし、そんな二人を見て面白く思わない子が何人かいた。そして、ある日、バイトを終えて喫茶店を出た倉田を待っていたのは、片桐紗代だったのだ……。

紗代は、高校演劇祭を控えた大事な時期に、部員と遊び歩かないでほしいと倉田に言った。
「誰と付合おうと勝手だろ」
と、倉田は言い返して、さっさと立ち去ったのだが……。
次の日、倉田は喫茶店をクビになっていた。K女子高から強く要請があった、という
ことだった。
腹を立てた倉田は、片桐紗代の帰りを待って後をつけ、一人暮しだと知ると、休みの
日に押しかけたのだ。
アパートの廊下で言い争いをするわけにもいかず、紗代は倉田を部屋へ入れた……。

「――そういうこと」

と、藍は肯いた。

「だけど……俺、知らないぜ、〈スペーストンネル〉のことなんて」

と、倉田は急いで言った。

「あなたのせいだとは言ってないわ」

と、藍は言った。「でも――先生とあなたのことを、前沢愛って子は知ってたのね」

「うん……」

「女の子はそういうことに敏感よね。気が付いたんでしょう。それで――」

「俺は引越したんだ。そしてここでバイトを始めた。まさか二人が来るなんて……」

「偶然だったの？」

「どうかな……」

と、倉田は曖昧に首を振って、「どこで聞いたのか、俺のケータイに愛がメールよこしてさ。アドレス変えてたのに。〈今度、会いに行くから〉って……」

「片桐先生とは、その後？」

「俺よりあの先生の方が……。俺、怖くなって逃げ出したんだ。どうなるのか分んなくて……」

嘘を言っているとも思えなかったが、藍としては、今目の前の問題を何とかしなければならない。

「ともかく、〈トンネル〉の中へ入ってみるわ。あなたも来て」

倉田はギョッとして、

「いやだよ！　俺のせいじゃ……」

「もちろん、あなたのせいじゃないかもしれない。でも、あなたのせいかもしれないわ。私一人が行っても、会ったこともないんだから」

「だって……」

抵抗していたが、結局、藍ににらまれて、倉田はあの車両の一番前に並んで乗ることになったのである。

「藍さん、気を付けて！」

と、真由美が見送る。

「じゃ、行ってくるわ」

藍は合図した。——きっと、山名良子に文句を言われるだろうな、と思っていると、車両はぐいと引張られるように走り出し、たちまち暗いトンネルへと吸い込まれて行った。

4　時間の旅

〈スペーストンネル〉の中を、藍たちは猛スピードで走り抜けて行った。

「ワッ！」

と、倉田が悲鳴を上げる。「やめてくれ！」

「何よ！　これは普通でしょ」

激しく車両が上下する。——問題はこの先だ。

周囲には、星雲や小惑星の映像がめまぐるしく回転し、見ていると頭がクラクラしてくるようだ。

「降りるよ！」

と、倉田が叫んだ。

「ちょっと！　何を言ってんの」

「俺――これに乗るの、初めてなんだ！」

藍もさすがに絶句した。

そして――トンネルが突然暗くなった。

「来るわ」

と、藍は呟いた。

スピードが落ちた。こんなわけはない。

「どうなってんだ？」

と、倉田がキョロキョロしている。

「別の世界へ入り込んだのよ」

「どういうことだよ？」

「私にだって分らないわ」

すると――突然、周囲が明るくなった。

「何だよ、これ……」

倉田の声はかすれていた。

車両は停っていた。しかし、そこは——部屋の中だった。

「ここはどこ？」

と、藍は訊いた。「あなた、知ってるのね？」

「知るもんか！」

「見れば分るわよ、その青い顔を。あなたの部屋？——違うわね。カーテンの色とか、家具の感じ……」

藍にも察しがついた。「ここは、片桐先生の部屋ね。そうでしょう」

「こんなこと……。何かのトリックだろ」

「どうしてあわててるの？」

と、藍が訊いたときだった。その部屋の中に、入って来た女性がいた。

「この人……。片桐先生ね」

倉田はただ呆然としている。

「私じゃないわ」

と、その女性は言った。「あなたをクビにしろなんて言ってない」

「ふざけんなよ！」

と怒鳴ったのは——倉田だった。

その光景の中に、倉田の姿が入って来た。

「どうなってんだ……」

藍の隣に座っている倉田が呟いた。

「時間のトンネルを通ってるのよ」

と、藍が言った。「これはあなたが片桐先生の部屋を訪ねたときね」

——その中で、倉田は片桐紗代を「嘘つき」と罵(ののし)った。そして、

「じゃ、俺があのバイトで稼いでた分の金を払ってくれよ」

と言い出した。

「いい加減にして!!」

と、片桐紗代も腹を立てて、「帰らないと警察を呼ぶわよ」

「いいとも、呼んでみろ」

「あなたは……。あなたに、前沢さんと付合う資格はないわ」

と、紗代は倉田をにらんで、「前沢さんを悲しませたくない。おとなしく出て行って」

倉田は、ちょっと肩をすくめると、

「分ったよ」

と、口を尖らして、「だけど、帰りの電車賃もないんだ。それぐらい出してくれたっていいだろ」

紗代はややためらったが、

「分ったわ」

と、台所へ行って、財布を取って来た。

「二千円もあればいいでしょ」

と、千円札を取り出す。

「もらってくよ」

倉田が手を出したが、二枚の札は二人の間に落ちた。紗代が反射的に身をかがめて拾おうとすると――。

倉田がいきなり紗代を畳の上にうつ伏せに押し倒した。そして紗代の首に腕を回して絞め上げた。

「――やめろ！」

藍の隣で、倉田はバーを力任せに押し上げると、立ち上った。「こんな――こんな馬鹿なことって。――貴様が仕組んだんだな！」

と、藍の方へ目をやって、

「引っかからないぞ！　こんなもん、子供だましのトリックだ！」

大声で喚いていたのは、その光景の中で、倉田は半ば気を失った紗代の服をはぎ取っていたからだ。

「力ずくで犯したのね」

と、藍は言った。「そして、写真を撮って、人にしゃべったら、これをネットに流すとでも？」

「そんなのは……でたらめだ！」

倉田は、車両から降りようとした。

「だめよ！」

と、藍は叫んだ。「時間の隙間に落ちたら、どこへ行くか分らないわ！」

遅かった。

倉田が車両から出ると、足下には何もなかったのだ。

声もなく、倉田は落ちて行った。いや、落ちるというよりその場で、消えてしまった。

同時に、藍の乗っていた車両が動き出した。それも、突然。初めと同じ猛スピードで走り出したのである。

「キャッ！」

安全用のバーは、倉田が上げたままになっていたので、再び暗闇の中を駆け抜けて行く車両から、藍の体は投げ出されそうになった。

バーを引張って下ろそうとしたが、動かない。

「――うそ！」

と、藍は言った。

車両はトンネルから出ようとしていた。出口がどんどん迫って来る。

これって――外へ出ると、宙返りするんじゃなかった？

バーで押えられていないのに、宙返り？

そんな！　藍は手すりにしがみついた。

車両は外へ出ると、急降下して、そこから一気に加速、完全に宙返りした。

藍は必死で手すりをつかんで、足を前の仕切りに突っ張った。――完全に逆さになる。

落ちる！　早く――早く通り過ぎて！

乗っている身としては、何だかわざとゆっくり逆さの状態を楽しんでいるかのようで
(誰が？)、悲鳴も上げられない。

「やった！」

無事、上下逆さの状態は切り抜けた。

と、そこでホッとしたのがいけなかった。車両は更にスピードを上げて、左右に捩れたのである。

「あ……」

声を上げる間もなく、藍の体は車両から投げ出されそうになった。

ちょっと！　いい加減にして！

文句を言っても仕方ないが、藍は右へ左へ振り回されて、左右の扉に叩きつけられた。

痛い！　――やめて！　もうだめだ！　こんな所で死にたくない！

と、思ったとたん、車両にブレーキがかかった。

今度は前に飛び出しそうになって、いやというほど仕切りにぶつかる。

――車両は、出発したホームの手前で、ゆっくりとスピードを落とし、停った。

「ああ……」

藍は座席にぐったりともたれかかった。

「――藍さん！」

真由美が駆けて来るのが見えて、藍は気が遠くなったのだった……。

5　証（あか）し

「大丈夫？」

と、真由美が訊いた。「こっちもあざになってる」

「いたた……。そっとやって」

と、藍はため息をつきながら言った。

〈スペーストンネル〉で、むちゃくちゃに振り回されて、体のあちこちをぶつけてしまった。

今、藍は〈Fランド〉の中の医務室で、真由美に湿布を貼ってもらっていた。

仕切りの中で、上半身裸になって、いくつものあざに手当してもらっているのだ。

「ああ……ひどい目にあった」

そっと服を着ながら、こぼした。

「でも、逆さになったとき、よく落ちなかったね。さすが町田藍！」

「変なほめ方しないで」

と、藍は苦笑して、「あのみんなは？」

消えていた女子高生たちは、藍の車両の前に外へ飛び出し、無事に到着していた。

「うん、ここの事務所の会議室で休んでる」

と、真由美は言った。

「あざはないわよね」

冗談の一つも言わないと気がすまない。

しかし——藍も、気は重かった。

片桐紗代も、前沢愛も、あの場面を見ているのだろう。

倉田がどうなったかは分らないが、あまり気にすることはない。だが、教師と生徒。

二人にとって、あの「事実」は、とんでもなく重いだろう……。

「仕方ないわ」

と、藍は呟いた。「正面から向き合うしかない……」

会議室のドアを開けると、長い机を囲んで座っていた面々が一斉に藍を見た。

「――皆さん、大丈夫ですか？」

と、藍はともかく声をかけた。

「町田さん」

と、口を開いたのは、山名良子だった。「ひどいじゃないの」

恨みがましい目で、藍をにらんでいる。

「え？」

藍が戸惑って、「ひどいって……私が？」

「そうよ！　あなたが担当すると、必ず何か起るわ。あなたがお化けを呼ぶから――」

「山名さん、ちょっと待って下さいよ」

「私をあんな目にあわせて！　このお客様たちだって、気の毒だわ」

「そんな……。山名さんが代ってくれって言ったんじゃないですか」

「そんなこと言わないわ。私は、お年寄のツアーは疲れる、って嘆いただけよ」

「あの……」

藍も呆れてものが言えない。

「町田さんはね、〈幽霊と話のできるバスガイド〉って有名なの。今日のことも、町田さんが招いたことなのよ。ごめんなさい」

と、良子が詫びている。

あんまりだ！——藍は体の力が抜けて、空いた椅子に腰をおろした。

だが、——生徒たちと、片桐紗代は、無言だった。

良子の言葉も耳に入っていないかのようだ。

だが——もし、あの光景が、藍のせいで見せられた「作りもの」だと思っているのなら、それでうまく収まってくれるかもしれない。

むろん、当事者である片桐紗代と前沢愛はそれを「作りもの」と思えないだろうが。

「私は、時間のトンネルの中を旅しました」

と、藍は言った。「そして、倉田君が片桐先生のお宅を訪ねたときの情景を見ました。——あなた方も？」

生徒たちは、顔を見合せていたが——。

「私、目をつぶってた」

と、一人が言った。

「私も」

「うん、私もくたびれて、目がウルウルしてた。暗かったし」

みんな見えてないはずはない。しかし、見なかったことにするのが、片桐先生と前沢愛のためだと思っているのだろう。

「――みんな、ありがとう」

と片桐紗代が口を開いた。「でも、あれは本当にあったことなの」

前沢愛が唇をかみしめている。――一見して、この子だと分る。可愛い子だった。

「前沢さん、私はもう――」

「先生、やめて!」

と、愛が遮った。「私が馬鹿だった。あんな人だとは思わなかった」

そして、藍を見ると、

「彼はどこにいるの?」

と訊いた。

「さあ」

藍は首を振った。「私と一緒にあの光景を見て――逃げ出そうとした」

「どこへ?」

「外へ出ようと思ったんでしょうけど、時間の隙間に落ちてしまったわ」

「じゃあ……」

「どこへ行ったのか、捜しようがない」

「そうだったんだ……」

愛は紗代の方を向くと、「先生。——忘れよう。あんなこと、なかったと思って」

「いいえ、なかったことにはできないわ」

と、紗代は首を振って、「でも、乗り越えることはできる。——そうでしょ」

「ええ」

愛が肯いて、「先生を責めたりして、ごめんなさい」

「いいえ。——秘密にしようとしたから、つけ込まれてしまったんだわ。許してね」

しばらく誰も口をきかなかったが、やがて愛が、

「次の大会じゃ、優勝してやる！」

と、拳を突き上げた。

「そうだ！」

「やろう！」

みんなが口々に言った。

紗代が涙を拭った。

そこへ、

「——藍さん」

と、真由美がやって来た。

「どうしたの？」

「ちょっと来て！　表で……」

「何なの？」

——真由美に手を引かれて、〈Fランド〉の広場へ出ると……。

「あら……」

広場の真中にある噴水を浴びているのは、女神像の腕の先にぶら下っている倉田だった！

「ここ、ここに出て来たのね……」

時間がずれたが、空間も少し、ずれたらしい。

「おい！　助けてくれ！」

ずぶ濡れになって、倉田が叫んでいた。

「早く下ろしてくれ！」

藍の後からやって来た、愛たちもそれを見て、唖然としていたが、やがて、

「凄いパフォーマンス！」

と、一人が声をかけると、

「やったね！」

と、一斉に拍手が起った。

「おい！　助けてくれ！」

倉田の悲鳴が、〈Fランド〉の中にいつまでも響いていた……。

明日死んだ男

1　予約席

今日の相手は――。

「とんでもなく金持なんだから！」

と、マネージャーの会田(あいだ)は何度も強調した。

それを散々聞かされたおかげで、却(かえ)って信用できないって気になってしまった。

それでも仕事なのだ。出向かないわけにはいかない。

「だけど、分ってるのよね、その人」

と、野沢厚子(のざわあつこ)は会田に念を押した。「いくら料金に上のせしたって、お話しするだけよ」

「ああ、もちろんその点はくり返し説明してある。『うちは決して売春のあっせんをしているわけではありません！』ってね」

会田が即座に否定したので、野沢厚子は怪しんでいた。間髪を入れずに答えたということは、答えを用意していたということ。

それはつまり、厚子からそう訊かれるのを予期していたからである。

信じないぞ！

もちろん、会田には言わなかったが「万一のために」防犯用の催涙スプレーをバッグに忍ばせることにした。

「じゃ、頼んだぜ！」

と、会田はホテルの正面に車を停め、厚子を一人で降ろすと、車を出した。

そして、ハンドルを握って、

「あっせんはしませんが、口説くのはご自由です……」

と、客に付け加えた文句を口に出した。

厚子にはもちろん聞こえないだろうが（当り前だ）、会田としては、

「一応、言ったんだ」

と、自らの良心を慰めた。

まあ「良心」と呼べるほどのものを持ち合せていたかどうか……。

そして、厚子はマネージャーの会田に言われた通り、都心の高級ホテルの最上階にある〈会員制クラブ〉へとエレベーターで上って行った。

野沢厚子は、少々古風な名前ではあるが、まだ十八歳。

タレントの卵——とまでも行かない、コンパニオン。

ホテルの宴会場でのパーティなどに派遣されて、ただニコニコしているのが仕事である。

本当は——会田にも言っていないことだが——目指しているのは「女優」。それも本格的な女優だった。

といって、演劇学校へ行くわけでもなく、お金がないので、お芝居も見に行けない。

「ま、いいや」

お金持か。——気に入ってくれたら、ハンドバッグの一つも買ってくれるかもしれない……。

「——あれ？」

厚子は、エレベーターの中で、思わず声を上げた。

今から会いに行く「お金持」って、何て人だっけ？　会田から名前を聞いていたのに……。

「忘れちゃった！」

ええと……「何とか山」、そう。「山」が付いたような気がする。「カチカチ山」？

まさか！

何だっけ？

焦っている内、エレベーターは最上階に着いてしまった。

エレベーターを出ると、正面に両開きの堂々たる扉。——ここで名前を言うのかしら？　それとも合言葉？

「山」と「川」とか？　まるで討入りだ。

しかし、何も言わない内に、扉が中から開いた。きっとカメラがあって、厚子の姿が映っているんだろう。

「どちら様でしょうか」

蝶ネクタイの、そう、執事ってイメージのおじさんが立っていて、

と訊いて来た。

「私……あの、野沢っていいます」

「野沢様でいらっしゃいますか」

「野沢厚子です。あの……山さんに会いに」

「は？」

「山さんです。その前に何か付くと思うんですけど、ちょっとその……」

自分でも何を言っているかよく分っていなかったが、すると、

「私のことだ」

と、奥から出て来た男がいる。「丸山という。違うかね？」

「あ、そうです！　丸山さん。そう、丸山さんです！」

「入れてやってくれ。私の親しい友人だ」

と、かなり年齢の行ったその人は、執事っぽい男性に言った。

親しい友人が名前思い出せないって変だよね、などと考えて、それでも無事中へ入れてホッとする。

「まあ、かけなさい」

ゆったりとしたソファ。――座ると体が沈み込むようだ。

「野沢厚子君だったね」

ほら、相手はもうおじいちゃんなのに、ちゃんと憶えてる。お金持になる人はやっぱり違うわ、などと考えていた。

「すみません、丸山さんって聞いてたんですけど……」

「いやいや、気にすることはないよ」

と、穏やかな笑顔を見せて、「丸山貴広というんだ。もう七十六になる。君のおじいさんより年上じゃないかね？」

「ああ……。私、おじいちゃんってよく知らないんです」

「そうか」

「っていうか……。私、施設で育ったので、お父さん、お母さんも誰なのか、よく分んなくて」

「ほう」

「あの……身許（みもと）がはっきりしないと、こういう所に入れないんでしょ？」

「何を言ってるんだ」

と、丸山は笑って、「君はもう一人前の大人だ。どこで生れようが、どこで育とうがそんなことは問題じゃない」

「そう……ですか」

「ともかく、何か飲むかね？　それとも、お腹（なか）が空いてたら、ここで食事もできるよ」

「あ……。何か食べたいです。お昼、食べそこねて」

「それは大変だ。気を失う前に何か食べた方がいい」

大真面目に言うのがおかしくて、「この人いい人だわ」と、厚子は思った……。

まさか——会員制クラブで、ラーメンを食べられるとは思わなかった！

「——おいしかった！」

ホテルの中華レストランから届けられたラーメンは、その辺のラーメンとは、ちょっと違っていた。

「君は素直でいい」

と、丸山は肯（うなず）いて見せて、「私の頼みを聞いてくれるかね」

「はい……。頼みって……」

来た！──確かにいい人だとは思うけど、やっぱり私は体を売りたくはない。

「なに、そう難しいことじゃない」

と、丸山は言った。「聞いてくれたら、君が一生暮していけるようにしてあげる」

「一生……」

目を丸くして、「私、まだ十八なんですけど」

「まあ、百歳までと思っとけば大丈夫だろ」

「あと……八十年以上あります」

「だが、過ぎてしまえば、四十年、五十年はアッという間だよ」

「そうでしょうか……。でも、私、何をすれば？」

と訊いて身構える。

「大したことじゃないんだ」

と、丸山は言った。「私を殺してほしいんだよ」

「お疲れさまでした」

〈すずめバス〉のバスガイド、町田藍（まちだあい）は、バスの外に立って、降りて来る客一人一人に、

「ありがとうございました」

と、頭を下げていた。

「――藍さん」

最後に降りて来たのは、〈すずめバス〉のツアーの常連、高校生の遠藤真由美（えんどうまゆみ）だ。

「残念でした」

と、藍は微笑んで、「今日は出なかったわね」

「藍さんがいたのにね」

「ちょっと！　私、別に幽霊のマネージャーやってるわけじゃないわよ」

――〈すずめバス〉という、吹けば飛ぶような（?）弱小バス会社で人気のバスガイド町田藍、二十八歳。

藍のユニークなのは、人並外れて霊感が強く、そのせいで、ちょくちょく本物の幽霊に出くわすこと。

そして、〈すずめバス〉の社長、筒見（つつみ）はそんな藍の能力に目をつけて、他のバス会社では真似のできないツアーを企画して、客を集めていた……。

といって、藍が同行するツアーに必ず幽霊が出るわけではない。しかし、一風変った女子高校生、遠藤真由美みたいに、「幽霊大好き！」というマニアックな常連が少なくないのである。

「あ、そこがSホテルか」

と、真由美が言った。「私、そこでご飯食べて帰ろう。藍さん、一緒にどう？」

裕福な家の「お嬢様」、真由美はときどき藍に食事をおごってくれたりする。

「バスガイドの仕事は、まだ終ってないのよ」

と、藍は言った。「営業所に戻って、報告して、バスを洗う。それでやっと終りなの。途中でご飯食べるってわけにはいかないのよ」

「そうか。じゃ、私、ここで」

と、真由美が手を振って行きかけると、「キャッ！」

Sホテルの方から歩いて来た女性と、危うくぶつかりそうになる。

真由美は素早くよけたのだが、相手の女性は、びっくりしてよろけると、尻もちをついてしまった。

「大丈夫ですか？」

と、藍が駆け寄ると、手を取って立たせ、

「どこかおけがは？」

「あ……いえ、大丈夫です」

と、その女性はちょっとふらつきながら、「ごめんなさい。ぼんやりしてて、私……」

と言った。

もちろん、夜になっていて、辺りは暗かったのだが、バスを停めたのがちょうど街灯の下で、その女性の顔を照らし出した。

「あれ?」

と言ったのは真由美だった。「厚子さんじゃない?」

「——え?」

「ね、私、遠藤真由美。忘れちゃった?」

その女性は、しばらく真由美を見ていたが、

「ああ!　真由美ちゃん!」

と、目を見開いた。

「やっぱりね!　アッちゃんだ!」

真由美は嬉しそうに言って、「こんな所で偶然ね」

「そうね……。でも、私……」

と言いかけると、突然、厚子というその女性は気を失って倒れてしまった。

2　スケジュール

「あ……。気が付いた」

と、真由美は言った。「アッちゃん!　分る?　私のこと」

ベッドで寝ていた野沢厚子は、ゆっくりと目を開けて、それでもしばらくは半分眠っているかのようだった。

そして深く息をつくと、

「ああ……。真由美ちゃん……」

「そうよ。どう、気分？」

「私、どうしたのかしら？」

「突然、気を失ったのよ」

と、真由美は言った。「びっくりしちゃった！」

「ごめんなさい……。放っといてくれても良かったのに……」

「だめよ、そんなの！　放ってなんかいけるわけないじゃない！」

と、真由美は怒ったように、「あんなに仲良くしてたアッちゃんのこと、放り出すなんてこと」

「ありがとう……」

と、厚子は、かすかに笑みを浮かべた。「──ここ、どこ？」

と、部屋の中を見渡す。

「Sホテルの部屋。借りて寝かせたの」

「Sホテルの？　──どうしよう。こんな高い部屋──」

「心配しないで。Ｓホテルはうちのお父さんがよく知ってる。お父さんの払いにつけとくから」

「そんなわけには……」

「いいのよ。他ならぬアッちゃんのことだもの。お父さんだってこうしたわよ」

そこへ、

「気が付いたのね」

と、町田藍がベッドの方へやって来た。

「藍さん、ごめんね、仕事の邪魔して」

「真由美ちゃんは〈すずめバス〉のお得意様だもの。これもサービスの内」

結局、藍は真由美と二人で厚子をこのホテルの部屋へ連れて来て、バスは先に帰すことになったのである。

「大分顔色が戻って来たわね」

と、藍は厚子の方を覗き込んで言った。「何かスープのようなものでも？　ルームサービスで取れるでしょ」

「そんなことまでしていただいては……」

と、厚子が言いかけたとき、そのお腹がいいタイミングで「グーッ」と鳴った……。

まあ、空腹で気を失ったわけではないにしても、ルームサービスで取ったカレーライスを、厚子はアッという間に平らげてしまった。

——十八歳の厚子は、施設を十六で出て、真由美の家で住み込みのお手伝いとして働いていたのだった。

真由美は厚子を「アッちゃん」と呼んで、姉のように仲良くしていたという。

「——散々お世話になったのに」

と、厚子は言った。「モデルの仕事があるって言われて、つられてそっちへ……。でも、ろくなことはなかった」

「でも、凄くきれいよ、アッちゃん。もともと可愛かったけど、今は輝いてる」

「やめて。恥ずかしいわ、自分が」

と、厚子は言った。「こんな勢いでカレー食べといて、そんなこと言ってもね」

「何かあったんでしょう?」

と、藍は言った。「でもなかったら、あんな風に気絶するって……」

「ね、アッちゃん、この藍さんは、幽霊とも仲のいい、凄い人なのよ。心配なことがあるんだったら、藍さんに相談したらいいわ。何だって、たちどころに解決してくれるわ」

「真由美ちゃん、言い過ぎよ」

と、藍が苦笑する。

「幽霊と……」

と、厚子は呟くように、「でも、私は幽霊にも許してもらえないんだわ」

「あら、やっぱり幽霊がらみの話なの？」

と、真由美が言うと、

「いえ……。まだ幽霊にはなってない。でも、もうなるに決ってるの……」

「誰のことを言ってるの？」

と、藍は言った。

「丸山さん……」

「丸山？」

「ええ。——私にとても良くしてくれた、やさしいおじいさんで……。凄いお金持」

「その人が幽霊になるって……。亡くなったの？」

と、藍は訊いたが、厚子は、

「私……あんないい人に……ひどいことしちゃった……」

と、泣き出してしまった。「私、一生許されることはないわ……」

藍は真由美と顔を見合せた。

「——ね、アッちゃん」

と、真由美が言った。「何なら、カレーの他に、ラーメンとかスパゲティとか、食べてみたら？」

「畜生……。どこにいやがる」

と、呟きながら、Sホテルのロビーをうろついていたのは、会田だった。

野沢厚子を丸山の所へ送り込んだマネージャーである。しかし……。

「ワッ！」

いきなり目の前を遮られて、会田はびっくりして声を上げた。「――何だ、あんたですか。びっくりさせないで下さいよ」

「どうなってるの？」

と、その女性は、会田にかみつきそうな声で言った。

「どう、って……。そう言われても、俺だって分りませんよ」

と、会田は肩をすくめて、「あんたの方で分らないんじゃ、俺が知ってるわけないでしょう」

「何よ！　あの女の子を貴広さんに紹介したのはあんたじゃないの！」

「そりゃそうですけど……。その後でどうなったかまでは分りませんよ」

「冗談じゃないわ！　あんな縁もゆかりもない女の子に、貴広さんの財産を横盗りされてたまるもんですか！」

そこへ、

「母さん、声がでか過ぎるよ」

と、女の肩を叩いたのは、不健康そうに太った若者で、「誰が聞いてるか分んないぜ」

「だって、達人……。お前にだって関係のあることなのよ」

「分ってるけどさ。――ともかく、このホテルのどこかの部屋にいるんだろ。このロビーに必ず下りて来るさ」

「そうね……。じゃ、そこのラウンジでお茶でも飲んでましょう」

と、女は言って、「会田さん、あんたが払ってよ」

「ええ？」

会田が目をむいた。

そう。――誰が聞いてるか分らない、というあの若者の言うことは正しい。

「いいところに行き合せたこと」

と、藍は呟いた。

野沢厚子をなだめるのは真由美に任せておいて、彼女の話していた「丸山貴広」という「お金持のおじいさん」のことを、ホテルのフロントで訊こうとロビーへ下りて来たら、ちょうどあの女が男と言い争っているところだったのである。

「貴広さん」と、あの女は言っていた。

涙ながらに厚子が話してくれたのは、「私を殺してほしい」と頼まれたこと。

その代り、厚子に大変な額のお金を遺してくれるという。

だが、今の話では、厚子を丸山貴広に会わせた結果は、全く予想と違ってしまったらしい。

「あんな女の子に」と言っているからには、丸山貴広の縁者らしい女も、厚子のことを知っていたはずだ。

向うは藍のことなど知らないので、もっと色々聞けるかもしれない。

藍は、素知らぬ顔で、その三人のテーブルの近くに座って、コーヒーを頼んだ。

少しして――藍のケータイが鳴った。

周囲をちょっと見回してから出てみると、

「――町田藍さんかね？」

「はい」

「私は丸山貴広という者だ」

「え……。どうして……」

「あの子がSホテルへかつぎ込まれたという連絡があってね。ホテルのフロントにはよく知っている人間がいるので」

「はあ……」

「君のことも、ちゃんと知っていた。君は有名人だからね」

「そうですか……」

「今、どこにいる?」

「ラウンジです。あの……会田という男の人と――」

　藍の説明を聞いて、

「それは私の義理の妹、丸山小百合(さゆり)と、その息子の達人だ」

「あ、そう呼んでました」

「小百合は、私の弟の連れ合いだが、弟が五年前に死んで、金に困っている。息子の達人が働けばいいのに、私の金をあてにして、全く働く気がない」

「そんな感じです……」

「もう一人、みどりという娘がいて、この子はなかなか真面目なのだがね」

「あの……どういう事情か存じませんが、幽霊がどうとか……彼女が泣いてるんですけど……」

「分らんだろうね」

　と、丸山は言った。

「あなたから、『殺してほしい』と頼まれたとか……」

「その通りだ」

「でも――」

「幽霊になっても、必ず君と会えるとは限らないだろうね」

「それはそうです」

「では、直接会って話したい。来てくれるか」

「どちらにおいでですか？」

「このホテルのスイートルームだ」

と、丸山は愉しそうに言った……。

やれやれ……。――コーヒーが来たので、もったいない、と飲んでいると、

「――何してるの、お母さん」

と、声がした。

「みどり。何しに来たの？」

みどりっていうのはあの子か。高校生らしく、ブレザーを着ている。
十七、八くらいだろうか。
「会田さんと会うってメモしたでしょ。メモが残ってた」

「大人の話よ。あんたは帰ってなさい」

と、丸山小百合は言った。

「やめてよ、お母さん」

と、みどりという娘は小百合のそばの席に座ると、「ちゃんと働こうよ。お兄さんだって、私だって、もう働けるわ。お母さんも元気なんだから——」

「何言ってるの。貴広さんは使い切れないくらいのお金を持ってて、あなたたちはそれを受け継ぐ資格があるのよ」

「そんなわけないでしょ」

と、みどりは首を振って、「貴広おじさんにうちが何をしたか。——どんな顔で、遺産を分けてくれなんて言えるの？」

「そんな、お前……」

小百合は顔をしかめて、そっぽを向いた。

——どうやら、かなり複雑な事情がありそうだ。

藍は、ラウンジを出ると、丸山から聞いたスイートルームへと向った。

「よく来てくれた」

ガウンを着たその老紳士は、どう見ても、ちゃんと足もあった！

「町田藍と申します」

と一礼して、スイートルームの中に入って行く。

「——広いんですね！」

と、つい野次馬になってしまう。

「あの子は大丈夫かな?」

と、丸山貴広は言った。

「はい。このホテルの一室で、私どものお客様と一緒です」

と、藍は言った。

「そうか」

と、丸山貴広はちょっと眉を寄せて、「あの子にとっては、酷なことだったかもしれないな」

「丸山さん。——一体何があったのですか?」

「まあ、なかなか、説明しにくいことなんだが」

「でも——」

「そう大したことじゃない」

と、丸山貴広は首を振って、「ただ、私の首を絞めただけだ」

「ともかく、どうなっても、俺には責任ありませんからね」

と言い張っているのは会田である。

「ちゃんと見届けなきゃ仕方ないじゃないの」

「しかしですね、見届けるっていっても、二人のいる部屋へ入るわけにもいきませんよ」

「そこを何とかしなさいよ！」

丸山小百合はつい声が高くなって、娘のみどりににらまれている。

「――どの部屋にいるか分っているんだろ？」

と訊いたのは、息子の達人。

「あの人は、いつも一番高いスイートルームを使ってるらしいですよ」

と、会田が言った。

「だったら、分るじゃないの。行ってみましょう」

と、小百合が立ち上って、「会田さん、払ってね」

「首を絞めた？」

と、藍は思わず訊き返して、つい丸山貴広にちゃんと足が付いているか、もう一度見てしまった。

「いや、大丈夫。まだ死んどらんよ」

と、丸山は言った。「あの子としては、目一杯の力で絞めたつもりだろう。しかし、一向に苦しくならんのでね。いつまでもやらせては可哀そうだと思って、がっくりと気絶したふりをして見せた」

　それで、野沢厚子はあんなに泣いていたのか。しかし、「まだ幽霊にはなっていない」とも言っていた。

「丸山さん、それって――」

「もちろん、あの子に殺せるとは思わなかったよ。気を失わせてくれれば、それで良かったんだ」

「どういう意味ですか?」

「カプセルを飲んだ」

「カプセル?　お薬の?」

「毒薬だ」

と、丸山は言った。「あまり苦しまずに死ねると聞いていたが、気絶していればもっと楽かと思ってね」

　藍は当惑して、

「今、『飲んだ』とおっしゃいませんでした?」

「言ったよ」

「じゃ……」

「特別なカプセルでね、溶けるのに時間がかかるんだ。たぶん――明日の朝までには効くだろう」

「そんな……」

と、藍は言った。「私も色々なお客様をお乗せしますし、体質上(?)、しばしば幽霊とも面談します。でも、丸山さんは大変なお金持でいらっしゃるんでしょう? どうして急いで死ぬ必要が?」

「そういうスケジュールになっているのだよ」

「でも——」

「私は、何ごとも予定通りにすることが好きでね」

と、丸山は言った。

3 予定外

「その内、ここへやって来ますよ、あの人たち」

という藍の言葉で、丸山は、

「相手をするのは面倒だな」

と、厚子を休ませている部屋へ移ることにした。

エレベーターが来て、藍と丸山の二人が乗ると、扉が閉まる直前、隣のエレベーター

の扉が開いて、

「どっちなの、スイートルームって？」

と言っている声が聞こえた。

「——今のは、小百合だな」

と、エレベーターが下り始めると、丸山は苦笑して、「全く、分りやすい奴だ」

「でも、みどりさんはなかなか……」

「うん、見どころのある子だ。しかし、私の財産をあてにはしとらんだろう」

——藍と丸山は、野沢厚子と真由美がいる部屋へとやって来た。

「藍さん！」

ドアを開けた真由美は、一緒にいる丸山を見て、「あの……もしかして？」

「お騒がせしたね」

と、丸山は言った。

部屋へ入って行くと、厚子がソファから立ち上って、

「丸山さん……」

と、目を見開き、「もう……成仏したんですか？」

「いや、まだだ。君が悲しむことはない」

と、丸山が言うと、

「良かった！」

と、言うなり、厚子はワッと泣き出してしまった。

「丸山さん」

と、真由美が丸山の前に立って、「アッちゃんは、うちにお手伝いに来ていたんです。それは真面目で、よく働いて、私、本当のお姉さんみたいに思ってたんです」

「そうか……」

「アッちゃんに謝って下さい！」

と、真由美は言った。「ご自分が死にたかったら、何とでもして一人で死ねるでしょ？　いい年齢なんだから」

「真由美ちゃん――」

「藍さん、黙ってて」

と、真由美は遮って、「アッちゃんみたいないい人を、面白半分に利用するなんて許せないの！　どんな事情があるか知りませんけど、あなた、アッちゃんのおじいさんくらいの年齢じゃありませんか。女の子を泣かせて面白いんですか？　恥ずかしくないいんですか！」

そうまで言われるとは思わなかったのだろう、丸山も呆気に取られている。

「――真由美ちゃん」

厚子が涙を拭って、「ありがとう。でも、私がいけないの」

「アッちゃん――」

「そうなの。だって、断ることもできたんですもの。首を絞めてくれって言われて、私、この先お金の苦労をしなくて済むのなら、って思ってしまった。私の方こそ恥じなきゃいけないんだわ。お金のために人を殺すなんて……」

「アッちゃんは悪くないよ」

「いいえ。――丸山さん」

と、厚子は丸山の前に進み出て、「どうか思い直して下さい。私、お金なんかいりません。あなたがもっともっと生きて下さる方が、ずっと嬉しいんです」

厚子はそう言って、

「お願いします」

と、深々と頭を下げた。

丸山は、何とも言えない表情で、じっと厚子を見ていたが、

「――君をそんなに苦しめてしまったのか」

と、嘆息して、「すまなかった」

と、頭を下げた。

「丸山さん……」

「君の言葉は、私がいかに傲慢だったかを、教えてくれた」

と、丸山は言った。「私は、自分の金に群がってくる連中を、見下していた。しかし、私自身も恥じるべき人間だったんだな」

「丸山さん、思い直して下さい」

と、厚子はくり返した。「もったいないですよ。まだまだお元気なのに。世の中、もっと生きたいと思っても生きられない人が沢山いるんですもの」

「確かに、君の言う通りだ」

と、丸山は肯いた。

厚子はパッと表情を明るくして、

「じゃ、死ぬのをやめてくれますね」

と言った。

「そうしたいが……。もう薬を飲んでしまった」

「え？」

「カプセルですって」

と、藍が言った。「溶けるのに時間がかかるらしいの」

「そんな……」

と、厚子は愕然として、「何とかならないんですか？」

すると、丸山が驚くべき行動に出た。

いきなり厚子を抱き寄せると、しっかりキスしたのである。

藍も真由美も啞然（あぜん）として眺めていた。そして、キスされた厚子も、びっくりするばかりだった。

「――丸山さん」

と、厚子が目を丸くしていると、

「町田さん、だったかね」

と、丸山が藍の方を向いて、「私は、人生に予定外のことも起るものだと悟ったよ」

「といいますと？」

「私はこの子と結婚したい！」

丸山の言葉に、もちろん厚子が一番びっくりした。

「丸山さん……。私みたいな子供を――」

「君はもう十八だろう？　結婚できる年齢だ！」

「それはそうですけど……」

「改めて申し込む。――私と結婚してくれ！」

どう見ても丸山は本気だ。

「でも……そんなこと……」

と、厚子が口ごもっていると、

「早く返事してくれんと、カプセルが溶けてしまう！」

これじゃ脅迫だ、と藍は呆れた。

「は……はい、分りました」

と、厚子は肯いた。

「分った？　では結婚してくれるんだな？」

「ええ。私なんかで良ければ」

「ありがとう！」

丸山は何と厚子の前にひざまずいて、その手に唇をつけると、「これでいつ死んでも悔いはない」

「待って下さい！　結婚するって言っておいて、死んじゃうなんてひどい！　死なないで下さい！」

「もちろん、私も死にたくはないが……」

と、丸山は言って立ち上ると、「町田さん！」

「はあ」

「君は幽霊と話のできる、超能力を持ったバスガイドだろう。私が死ぬのを、何とか止めてくれ」

「え？　超能力って言われても……」

「私は死にたくない！　この厚子君と、何十年も添いとげたいんだ！」

丸山はそう言って、しっかりと厚子を抱きしめた……。

4　幽霊の過去

「こんな馬鹿な話ってないわ！」

と、拳を振り上げて喚（わめ）いているのは、丸山小百合だった。

「お母さん、よしてよ」

と、たしなめているのは娘のみどり。

「だって、お前――」

「貴広おじさんが誰と結婚しようと自由じゃないの。私たちが口を出すことじゃないでしょ」

「冗談じゃないわ！」

と、小百合は怒りがおさまらない様子。「死ぬ間際に結婚だなんて！　あの女の誘惑に騙されたのよ！」

――小百合のマンションである。

町田藍が、丸山貴広の妻、厚子の代理としてやって来ていた。

〈すずめバス〉のバスガイドの仕事ではないが、そこはサービスの内というわけで……。

「ともかく――」

と、藍は、小百合の文句の洪水が一旦途切れるのを待って言った。「こちらにありますように、丸山貴広さんと野沢厚子さんは正式に婚姻届を提出、受理されました。私と遠藤真由美の二人が立ち会いましたので、ご報告します」

「認めません！　私は絶対に認めませんよ！」

と、小百合が主張した。「これは詐欺だわ。貴広さんは騙されたのよ！」

「それは違います」

と、藍が言った。「丸山貴広さんは、厚子さんと結婚できて、心から満足しておられました。亡くなるまで、ほんの数時間の結婚生活でしたが、幸せそうでした」

「良かったわ」

と、みどりが言った。「本当なら、死ななけりゃ、もっと良かった」

「何を呑気なこと言ってるの」

と、小百合が言った。「うちの子どもたちに入るはずだった遺産は、大部分があの女に行ってしまうのよ」

「当り前でしょ、奥さんなんだから」

「お前はそんなことを――」

「分ってる。うちが破産寸前だってことはね。私、学校やめて働くわ。もう十八よ。お兄さんだって、勤めりゃいいんだわ」

「みどりさんのおっしゃる通りです」

と、藍は言って、「では本日はこれで」

と立ち上った。

「待って。下まで送るわ」

と、みどりが藍と一緒にマンションの部屋を出た。

――残った小百合が、喚き過ぎて息を切らしていると、

「母さん」

と、奥からフラッと出て来たのは達人だった。

「あんた……。何とか言ってくれりゃ良かったのに」

「ここで文句言ってても仕方ないよ」

「だからって……」

「心配いらないよ」

「どうして？」

「貴広おじさんの未亡人が死ねば、財産はこっちに回って来るんだよな。そうだろ？」

と言って、達人はニヤリと笑った。

「そりゃそうだろうけど……。どうしようっていうの？」

「簡単さ。あの女を殺しゃいい」

「そんなこと、できる？」

「任せていてくれよ。俺、真面目に働くよりずっとその手のことの方が得意なんだ」

と、変な自慢をしている。

「だけど……。捕まったらどうするの？」

「大丈夫だって。心配するなよ」

達人は小百合の肩をポンと叩いた。


「貴広おじさんは八年前に一度結婚しようとしたことがあるんです」

と、みどりが言った。

マンションの一階へ、藍を送りに出て来て、そのまま藍と近くのティールームに入っていた。

「八年前？　じゃ、丸山さんももう六十……」

「六十七、八だったと思います。私、十歳だったけど、よく憶えています。そのころはまだ父も元気で、うちもそう困ってなかったと思うんですけど……」

「相手の女性は？」

と、藍はコーヒーを飲みながら訊いた。

「四十ぐらいの、おじさんの秘書をしていた人です。——おじさんは若いころ、婚約者を事故で亡くして、それ以来、独身を通すと決めて、仕事に打ち込んだそうです。そして成功して、財産を作り……。そして、落ちついたとき、その女の人に初めて目をとめたと言ってました」

「その人はどうしたの？」

「おじさんは、その女性をうちへ連れて来て紹介しました。そしたら、母が怒って……。父の仕事に、おじさんの投資をあてにしていたようなんですけど、その女性が、秘書として反対したんです」

「なるほどね」

「父は面白くなさそうでしたが、諦めたんです。でも母は……」

と、みどりはため息をついて、「その日から、人を雇ってその女性を脅したんです。そして——後で知ったんですけど、その人が運転していた車を高速道路でつけ回し、わざとぎりぎりに寄せたりして……。いやがらせしたんです。そして、その女性はハンドルを切りそこねて、車が道路から飛び出してしまい、亡くなってしまいました」

「ひどいことを……」

「それが母の指示だったこと、私、二、三年前に知ったんです。父は五年前に亡くなって、確かにうちはとても苦しいんです。でも、そんなのどこの家でも起ることでしょ？　母だって働けばいいのに」

「そんなつもりはなさそうね」

「ええ。――でも、貴広おじさんが亡くなる直前に、すてきな人と出会って結婚したと知って嬉しいんです」

と、みどりは微笑んだ。「だけど、おじさんはどうしてそんな薬を飲むようなことをしたんでしょう？」

「病気のせいよ」

「病気？」

「難しい病気で、治療はかなり苦痛を伴うらしいの。それで、そんな思いをするくらいなら、いっそ自分でけりをつけてしまおうと思われたようよ」

「でも、厚子さんって人と出会ったんですね」

「ええ。――厚子さんも、丸山さんを愛していたわ」

「町田さん、貴広おじさんの幽霊に会えないんですか？」

「それなんだけどね」

と、藍は言った。「あなたをご招待するわ。〈すずめバス〉名物の〈幽霊体験ツアー〉

にね」

　みどりが目を大きく見開いた。

5　死の舞踏

　バスは崩れかけた門を通って中へ入って行った。

「凄い！」

　と、バスの乗客の間から声が上った。

「本当に幽霊の館って感じね！」

　と、みどりが興奮気味に言った。

　そこは、荒れ果てた邸宅だった。

　広い庭があり、丸い大きな池もある。

　バスが停ると、

「では、皆様、ここで降りていただきます」

　と、藍が告げて真先に降りる。

〈すずめバス〉のツアー。常連客と、もちろん遠藤真由美も一緒である。

　藍が明りを点けると、庭が青白く照らされる。

「──今夜の館は、先日亡くなった、丸山貴広さんが、亡くなる直前に購入されていた所です」

と、藍が説明した。「当然、館も庭も手を入れるはずでしたが……。残念ながら丸山さんは亡くなってしまいました」

そして、一息入れると、

「今夜は、亡くなった丸山貴広さんの奥様、厚子さんがご一緒して下さっています。ここにバスで入る許可も出して下さいました」

みんなの拍手に、黒いスーツの厚子は、

「今夜はおいでいただいてありがとうございます」

と言った。「町田藍さんの、『もしかしたら、亡くなったご主人に会えるかもしれません』というお言葉を聞いて、私もとても楽しみにして来ました」

「──藍さん」

と、真由美が、藍の方にそっと言った。「ちょっと舞台装置、でき過ぎじゃない？」

「いいのよ。何しろハネムーンですもの」

「え？」

「いいの。──皆様、丸山さんのご遺志で、ぜひこの庭で舞踏会を、ということでした。難しいことはありません。皆様、大いに楽しんで下さい」

藍が合図すると、館のバルコニーにライトが当り、ピアノと弦楽のバンドが、優雅なワルツを奏で始めた。

「池に落ちないで下さいね」

と、藍が注意した。

もともと芝居じみたことの好きな客ばかりで、適当なステップで踊り出した。

「――アッちゃん」

と、真由美が厚子に声をかけて、「私たちも踊ろう」

「ええ」

「もう、『アッちゃん』なんて呼んじゃいけないのかな。奥さんだものね」

「アッちゃんでいいのよ」

と、厚子は言った。

少し照明が落ちて、庭が薄暗くなった。

「いい雰囲気だ」

「うん、出そうだね」

と、客の期待（？）もふくらんで来る。

――庭の茂みに隠れていた達人は、そっと出ると、踊っている人たちの間に紛れ込んだ。

厚子が真由美と踊っている。

達人はできるだけ暗がりを選んで、二人に近付いて行った……。

ポケットに手を入れると、ナイフをつかむ。

そして、厚子の背中へと――。

すると、照明が突然消えて、庭は真暗になった。

「皆様、そのままお待ち下さい」

と、藍の声がした。「すぐに点きますから。大丈夫です」

達人も、何も見えなくては狙いを定められない。

すると――誰かが達人の肩をつかんで、ぐいと振り向かせて、踊り出したのである。

「いや、僕は――」

達人は、振り回されるようで、足がもつれそうになった。

「ちょっと！　離してくれよ！」

と、達人が焦って言った。

そして、明りが点いた。

「――え？」

達人は、踊っている相手の顔を見た。――青白い顔は、丸山貴広だった。

「おじさん？」

達人が目を見開いて、「馬鹿な！」

「馬鹿はお前だ」

と言うと、青白い丸山は、達人を突き飛ばした。

達人は後ずさって、そのまま冷たい池へと派手に水しぶきを上げて落っこちた。

「助けて！」

と、達人は水をバシャバシャはね上げて、「泳げないんだ！　溺れる！」

「何やってるの」

と、みどりが呆れて、「池よ。そんなに深いわけないでしょ」

「でも……」

大方、足下に泥がたまっているのだろう、足を取られては、頭まで沈んで、必死で池のへりにつかまる。

「――まあ」

と、厚子が言った。「本当に、貴広さん」

青白い照明の中に、丸山が立っていた。

「出た！」

と、真由美が叫んで、「――ね、藍さん？」

「ちょっと芝居じみてたかしら」

と、藍は言った。「――厚子さん、本物の丸山貴広さんですよ」

「え？」

照明が明るく、普通の白色灯になると、ごく当り前のタキシード姿の丸山が立ってい
た。

「貴広さん……。生きてるの？　本当に？」

「すまん、病気が治せるかどうか、調べてもらっていたんだ」

と、厚子が啞然とする。

と、丸山が言った。

「でも――カプセルは？」

「溶けにくく作り過ぎて、結局、溶けずに出てしまったんだ」

「まあ……」

「詳しく調べて、治療は可能だと言われた」

丸山は手を広げて、「もっと長生きしたいが、いいかね？」

「もちろんよ！」

厚子は丸山の胸に飛び込んで行った。

池からやっと這い上った達人が、

「ハクション！」

と、クシャミをした。

「というわけで」

と、藍は言った。「今夜は幽霊が出なくて申し訳ありません」

しかし、客たちは、しっかり抱き合っている丸山と厚子に、温い拍手を送った。

「——音楽、お疲れさま」

と、藍はバルコニーの方を見上げたが、そこには誰もいなかった。「あら……どこに行ったのかしら？」

すると、そこへ、マイクロバスが入って来て、

「すみません！」

と、男たちが降りて来る。「道を間違えちゃって！　バンドです」

「え？」

藍は目を丸くして、「今夜演奏を頼んだバンド？」

「ええ、遅れてすみません」

「じゃあ、さっきまで演奏してたのは？」

藍はバルコニーを見上げると、「——まさか！」

「あれが幽霊だったの？」

と、真由美が飛び上って喜んでいる。

他の客たちも大騒ぎで、バルコニーへ上って写真を撮ったりしている。

そんなことを気にしていないなかったのは、しっかり抱き合う丸山と厚子。

そして、ずぶ濡れになって、ふてくされながら出て行く達人だった。

みんながバスに乗り込むと、マイクロバスでやって来たバンドの男たちへ、

「それじゃ」

と、藍は声をかけた。

「すみませんね。演奏もしないでギャラいただいて」

「いいえ。私たちのバスが出たら、地下室に隠れてるバンドの人たちが出て来るから、一緒に帰って下さいね」

「承知しました」

「――やれやれ」

ツアーの客の期待を裏切っては申し訳ないので、藍が仕組んだのである。

バスに乗り込むと、

「では出発します！」

と、藍は言った。

丸山貴広と厚子は、しっかり手を握り合って、バスが走り出したのにも気付かない様

子。

ああ熱くちゃ、幽霊も出られないわね、と藍は思った。

見れば、真由美とみどりが互いにもたれ合うようにして眠っている。

——この子たちにも、いつか恋に夢中になる日がやって来る。

そう思うと、ちょっと寂しい藍だった……。

解説

朝宮運河

一九七六年の作家デビュー以来、四十五年以上にわたってミステリー小説界の第一線で活躍してきた赤川次郎には、代表作とされるシリーズが数多くある。通算五十巻を超えて今なお続行中の国民的人気作「三毛猫ホームズ」(一九七八年〜)、各時代の人気俳優によってたびたび実写化されている「三姉妹探偵団」(一九八二年〜)あたりがその筆頭だろうが、それ以外にも「幽霊」シリーズ(一九七六年〜)、「吸血鬼」シリーズ(一九八一年〜)など、枚挙にいとまがない。二〇〇三年からは鼠小僧(ねずみこぞう)を主人公にした「鼠」シリーズを開始。時代エンターテインメント小説に新境地を拓いている。

幽霊が見えるバスガイド・町田藍が大活躍する「怪異名所巡り」も、そんな著者の人気シリーズのひとつ。一九九九年に「小説すばる」誌上でスタートした同作は好評を博し、今日までほぼ二年に一冊のペースで新作が刊行されている。今や〝赤川ワールドの新たな代表作のひとつ〟と評しても過言ではないだろう。

本書『明日死んだ男　怪異名所巡り10』は、その記念すべきシリーズ第十弾。今回も弱小観光バス会社〈すずめバス〉のバスガイドである町田藍がさまざまな不思議な事件に遭遇し、その背後にある犯罪や人間関係のトラブルを鮮やかに解決していく。

謎解きの興味と怪異譚の面白さ、その両方を味わえる「怪異名所巡り」は、昨今話題の〈ホラーミステリー〉に分類される作品だ。ファンならよくご存じだろうが、赤川次郎はミステリーの第一人者であるだけでなく、怖い話の名手でもあり、『魔女たちのたそがれ』『怪奇博物館』などホラーの先駆的名作も数多く執筆している。「怪異名所巡り」もそんな著者の資質が発揮された、異色のシリーズといえるだろう。

といっても、どぎつい恐怖シーンは含まれていないのでご安心を。中心にあるのはあくまで著者お得意の、ユーモアミステリーの世界である。そこにミステリアスな超自然現象がほどよくミックスされることで、他の赤川作品にはないユニークな魅力を生み出している。

本書の収録作は、サスペンス色の強い犯罪小説あり、正統派の怪談小説ありとバラエティに富んだ全六編。いずれも一話完結スタイルなので、どのエピソードから読んでも楽しめるし、シリーズ既刊を読んでいなくとも大丈夫だ。

かねて思っていたことだが、赤川次郎の小説は老舗の洋食レストランを連想させるところがある。気取らないメニューに、アットホームな雰囲気。いつも予約なしで入れて、常連のファミリー層も、ふらりと訪れたおひとりさまも、レベルの高い味とサービスで必ず満足させてくれる。そんな名店レストランだ。もちろん本書もその例に洩れない。書店の棚でたまたまお店の〝看板〟を目に留めたという一見さんも、どうか遠慮なくテーブルについていただきたい。気がつけばこのシリーズの大ファンになっているはずだ。

以下、シリーズの基本設定をおさらいしつつ、収録各話のあらすじと読みどころを解説していこう。ネタバレには留意しているつもりだが、気になる方は本編読了後に目を通していただきたい。

大手バス会社をリストラされた町田藍が再就職したのはおんぼろバスが二台あるだけの弱小観光バス会社〈すずめバス〉。人使いが荒い社長・筒見哲弥がこのところ力を入れているのは、心霊スポットなどを巡る〈怪奇ツアー〉だ。霊感体質の藍がガイドを務めるこのツアーは、本物の幽霊が見られるとあって物好きの客たちの間で大人気。ほぼ毎回ツアーに参加している高校生・遠藤真由美のように、藍の大ファンを自称する者もいる。

巻頭作の「過ぎ去りし泉」で藍が乗客たちと向かったのは、最新マンションの見学ツアー。霊感バスガイドとして知られる藍だが、こうした普通のツアーの添乗をすることも多いのだ。ところが地上四十階建てのその高級マンションでは、庭園が水浸しになるという奇妙な出来事が続き、庭園デザイナーの古村准一を悩ませていた。反対運動を押し切って建設されたこのマンションには、いわく因縁があるのだろうか？

建物で起こる怪異といえば、殺人や自殺など過去に起こった事件が原因となることが多いが、この作品はちょっと違う。よくある事故物件ものと見せかけて、著者は意外な真相を用意している。なるほど、と膝をたたくと同時に、ふと自分の足下を見つめてみたくなる。そんな現代人への戒めがこめられた、ひたひたと怖さが迫ってくる作品である。

続く「虹の落ちる日」は二転三転するストーリーテリングが味わえる一編。ある日、高速道路のサービスエリアに立ち寄った藍は、久保山由佳という女性から「あんたには、夜空にかかる虹が見える」と奇妙な言葉をかけられる。そのサービスエリアでは十年ほど前、由佳の娘が行方不明になっていた。後日、土砂崩れに巻き込まれてツアー客とホテルに滞在することになった藍は、〈夜空にかかる虹〉という謎めいた言葉の意味を悟るのだった。

藍が行く先々で遭遇する不思議な事件は、純粋な心霊現象のこともあれば、生きた人間が引き起こしていることもある。では「虹の落ちる日」は一体どちらだろうか？　推理しながら読んでみていただきたい。

名脇役として「怪異名所巡り」シリーズに欠かせないのが、快活で行動的な高校生・

真由美の存在だ。三話目の「賭けられた少女」ではショッピングモールを冷やかしていた真由美が、元同級生・片野理沙の母親に財布を持ち去られてしまう。半年ほど前、家庭の事情で突然高校に来なくなっていた理沙。その原因が母親のギャンブルだと知って、真由美は驚く。

ギャンブル依存のもたらす悲劇というシリアスな問題を背景にしたミステリーで、クライマックスの緊迫したカジノシーンが読みどころ。といっても殺伐とした雰囲気にならないのは、藍と真由美のキャラクター設定によるところが大きいだろう。年齢も生活環境も異なる藍と真由美だが（真由美は超がつくお金持ちの娘だ）、裏表がなく、困っている人を放っておけないという共通点がある。そんな彼女たちの颯爽とした生き方が、物語に前向きな力を与えている。

「円筒の向う側」は真昼の遊園地を舞台にした作品。タイトルの〈円筒〉とは、遊園地にある人気のアトラクション〈スペーストンネル〉を指している。このアトラクションに乗り込んだ高校の演劇部一行と藍の同僚・山名良子は、トンネルの中で忽然と姿を消してしまう。

白昼での消失劇というファンタスティックな怪奇現象を扱ったこの作品でも、つらい現実に直面した人たちの姿が描かれている。軽妙なタッチのエンターテインメントとして読まれることが多い赤川作品だが、その根底にはままならない現実に向けられた鋭いまなざしがあるのだ。だからこそ〈向う側〉の光に向けて歩き出す人々の姿が、胸を打つ。

巻末に置かれた表題作「明日死んだ男」は、ユーモアミステリーの名手ぶりがフルに発揮された痛快作。老資産家・丸山貴広のもとに派遣されたコンパニオンの野沢厚子。ホテルのスイートルームをこわごわ訪れた厚子に、丸山は自分を殺してほしいと依頼をしてくる。一方、丸山の周囲では莫大な財産を狙って、義理の妹・小百合とその息子がよからぬ計画を立てていた。事情を知った藍がプランニングした廃墟への怪奇バスツアー。その行き先で明らかにされる驚きの真相とは？　事態を丸く収め、常連客のみならず読者も大満足させてくれる藍の名ガイドぶりに、思わず拍手を送りたくなる。

ミステリーとホラーの融合が生み出すスリリングなストーリー展開と、魅力的なキャラクター造型。さりげなく含まれた現代社会への警告。こうした特徴に加えて、「怪異名所巡り」にはもうひとつ注目してほしいポイントがある。それは死者たちに向けられた、藍の優しいまなざしだ。

「怪異名所巡り」に登場する幽霊の多くは、生前果たせなかった思いを抱えて、この世にとどまっている哀れな存在だ。藍はその声に耳を傾け、できる範囲で幽霊たちに力を貸してやる。幽霊だからといって退治したり、排除したりはしない。

そうしたスタンスが顕著に出ているのが、本書四話目の「遠い日の面影に」である。元同僚・三崎悠里からの電話で、かつて勤めていた大手バス会社時代の上司・高木雄介が死亡したことを知った藍。妻子ある高木と不倫関係にあった悠里は、高木の家族に恨まれ、今は四国のバス会社に勤めているという。悠里の代わりに通夜に出ることになった藍だったが、通夜の席で奇妙な出来事が起こって……。

生者と死者。今を生きる者と、過去に生きようとする者。さまざまな思いが交差する「遠い日の面影に」はどこかもの悲しく、懐かしい読み味の作品だ。こうしたしみじみした深い味わいがあるからこそ、「怪異名所巡り」はいっそう心に響くエンターテインメントになっているのだろう。

このほど「遠い日の面影に」を読み返していて連想したのは、伝統芸能の「能」の世界だった。日本怪談文芸の原点ともされる能には、ワキと呼ばれる生者（多くが旅の僧侶）が旅の途中で亡霊などの超自然的存在に出会う、「夢幻能」という様式がある。

能楽師である安田登氏は、ワキが旅先で亡霊に出会うことの意味について、次のように述べている。

「能を観ながら背筋がぞくぞくとなるなどということはなく、そんな楽しみを求めて能を観にいく観客もいない。怖くない幽霊物語など、面白くもなんともないと思うのだが、しかし、それでも室町時代から現代まで能が続いていて、そしてその能の中心が幽霊である。ということは、『幽霊と出会う』、それ自体が何か私たちにとって、とても重要な意味を持つことなのではないだろうか」

「さて、なぜ人にとって異界と出会うことが重要なのか。それは異界と出会うことによって、人はもう一度、『新たな生を生き直すことができる』からだ」

（安田登『ワキから見る能世界』）


旅先で出会う幽霊が、自らの思いを語ることによって救われ、その不思議な物語は観客である私たちが「新たな生を生き直す」きっかけにもなる。「怪異名所巡り」から私たちが受け取るしみじみとした感動は、能のそれに近いのではないだろうか。

もちろんこれは私の勝手な連想である。しかし伝統芸能全般に詳しい著者のこと、もしかすると霊感バスガイド・町田藍という秀逸なキャラクターを創作するにあたって、能の旅僧を頭のどこかで意識した部分もあったのかもしれない。

いずれにせよ本シリーズに死者の声なき声に耳を傾け、その無念を聞き届けようとする日本怪談の伝統が流れているのは紛れもない事実だろう。ハラハラドキドキのエンターテインメントであり、怖くて懐かしい怪談文芸でもある「怪異名所巡り」には、赤川作品がなぜ日本の読者にこれほど愛されてきたか、という秘密の一端が示されているようにも思う。

藍の胸躍る冒険の行く末を、ファンの一人としてこれからも見守り続けたい。

（あさみや・うんが　書評家）

この作品は二〇一九年七月、集英社より刊行されました。

初出誌　小説すばる
過ぎ去りし泉　二〇一七年七月号、八月号
虹の落ちる日　二〇一七年十一月号、十二月号
賭けられた少女　二〇一八年三月号、四月号
遠い日の面影に　二〇一八年七月号、八月号
円筒の向う側　二〇一八年十一月号、十二月号
（「遠い円筒」改題）
明日死んだ男　二〇一九年三月号、四月号

集英社文庫

明日死んだ男 怪異名所巡り10

2022年10月25日 第1刷 定価はカバーに表示してあります。

著 者 赤川次郎

発行者 樋口尚也

発行所 株式会社 集英社
東京都千代田区一ツ橋2-5-10 〒101-8050
電話 【編集部】03-3230-6095
【読者係】03-3230-6080
【販売部】03-3230-6393(書店専用)

印 刷 凸版印刷株式会社

製 本 凸版印刷株式会社

フォーマットデザイン アリヤマデザインストア マークデザイン 居山浩二

ISBN978-4-08-744443-8 C0193